멈추다, 바라보다

일상이 명상이 되는 순간

멈추다, 바라보다

유미진 지음

바이북스
ByBooks

2월의 중간자락에 눈이 소복이 내렸다. 아이를 어린이집에 데려다 주며 매일 지나던 길이 하얀 옷을 입어 새로워졌다.

골목길 모퉁이의 무너질 듯 허름했던 계란 파는 나무 판잣집 지붕도 하얗게 단장을 하고 산가山家같은 고즈넉한 분위기를 풍겼다. 여름이면 냄새나던 굽이진 하천의 바위들 위에 담요처럼 눈이 내려 앉았다. 담장의 앙상한 개나리 나뭇가지도 실처럼 하얀 줄이 덧대어져 갈색과 흰색의 다채로움을 뽐냈다. 도로 위에도 쌓인 눈 사이로 아스팔트길이 드문드문 보여 인공과 자연의 미가 조화롭게 어우러졌다.

눈이 그치고 처마에서 눈이 녹아떨어지는 소리가 여기저기에서 야단법석이다. 매일 무심코 지나치던 절의 담벼락 옆에 멈추어 섰다. 풍경이 매달린 처마에서 눈이 녹아떨어지는 물소리가 규칙적인 리듬을 만들어냈다. 동시에 스님이 두드리는 목탁 치는 소리와 염불 외는 소리가 어우러져 세상의 소리를 새로이 창조하고 있었다. 모든 소리는 늘 그 자리에 있었지만 그간 지나쳐버린 우주의 소리였다.

애플망고를 먹어본 적이 있는가. 처음 먹어 보았을 때 애플망고는 나를 영원히 변화시켰다. 새로움을 맛보는 순간, 그 느낌을 알기 이전으로 돌아갈 수 없기 때문이다. 애플의 상큼함과 망고의 달콤함이 섞인 맛이기도 했다. 새로움과 익숙함이 알맞게 어우러진 맛이랄까.

역설적이게도 삶의 나이테가 어느 정도 둘러진 이들에게는 세상에 새로운 것이란 없다. 다만 새로워지려는 시도만 있을 뿐이다.

반복되는 일상 속에서 더 이상 새로움이란 찾기 어려운 것처럼 보인다. 사과를 태어나 처음 먹어보는 8개월 아기의 신선한 충격을 느끼기에는 너무 많은 경험을 해버린 어른이 되었다. 하지만 호기심 가득한 어린아이의 시선으로, 낯선 곳에 여행 온 이의 시선으로 세상을 본다면 익숙하던 세상이 신세계로 재탄생한다.

삶이 지겹다면 당신의 렌즈를 갈아끼워 보는 것도 괜찮은 방법이다. 경이로움이 펼쳐질 것이다. 그리고 그 경이로움에 감탄해야 한다.

시인 마야 안젤루가 이렇게 말했다고 한다. "인생은 숨을 쉰 횟

수가 아니라 숨 막힐 정도로 벅찬 순간을 얼마나 많이 가졌는가로 평가된다."라고. 숨 막힐 정도로 가슴 뛰는 순간은 늘 새로운 것에 있지 않다.

시인의 눈으로 삶과 진한 키스를 나눌 때 찾아온다. 줄넘기 백 개에 도전하여 백 번째 줄을 넘는 순간 빛나는 아이의 미소를 마주할 때, 해질 무렵 볼터치한 듯 핑크빛으로 물든 서쪽하늘을 바라볼 때, 새벽에 맞춰둔 알람이 울리기 2분 전에 잠에서 깨었을 때, 고민하던 일이 갑자기 마법처럼 술술 풀릴 때, 뜨거운 물줄기가 온종일 피로에 지친 몸에 닿아 노곤노곤해질 때, 평소에 거의 움직임이 없던 집거북이가 갑자기 고개를 쑥 빼고 두리번거릴 때. 스스로 감동하는 순간들은 일상 속에, 내 가슴 속에 있다.

매일 겪는 일상의 이야기들을 담았다. 특별할 것 없는 소소하고 평범한 일상을 그저 나의 프레임으로 해석했을 뿐이다.

당신이 비슷한 경험을 해 보았다면 고개를 끄덕일 수 있을 것이다. 아니라면 이렇게 바라볼 수도 있구나 하고 새로운 관점을 얻을 수도 있을 것이다. 내 삶의 이야기가 당신에게 잠시 멈추어 당신의 일상을 바라볼 수 있는 여유를 갖게 한다면 더 이상 바랄 것이 없겠다.

진리란 평범한 일상 속에 녹아있는 법이다. 어린왕자가 말했듯이 가장 중요한 것은 눈에 보이지 않는다. 멈추고 가만히 들여다보면 눈에 보이지 않던 것들이 보이기 시작한다. 어느 누구의 인생이건 평범함과 비범함이 공존하고 있다. 그렇기에 당신의 인생은 찬란하다.

세계적인 명상가 오쇼 라즈니쉬는 삶의 술을 마시고 삶에 취해 살라고 했다.

삶과 존재의 술에 흠뻑 취한 술고래가 되라.
맨송맨송하게 있지 말라.
맨송맨송한 사람은 죽은 것이나 마찬가지다.
삶의 술을 마셔라.
술에는 수많은 시와 사랑과 활력이 담겨 있다.

그대는 언제든지 봄을 맞이할 수 있다.

봄을 향해 그저 손짓만 하라.

그리고 태양과 바람과 비를 그대 내면으로 들어오게 하라.

- 오쇼 라즈니쉬

영화 〈아바타〉에서 네이티리가 제이크에게 'I see you.'라고 말하는 장면이 나온다. 내가 당신을 보고 있다는 말은 당신 역시 나를 보고 있다는 말과 같다.

이 책을 통해 나는 당신을 만나고, 당신은 나를 만난다. 나의 이야기를 통해 당신의 삶의 이야기를 마주할 수 있었으면 좋겠다.

시계의 초침은 멈추지 않고 제자리를 영원히 돌고 있는 듯이 보이지만 한 바퀴 돌때마다 분침을 한 칸 앞으로 옮겨놓는다.

그날이 그날 같은 반복되는 일상을 사는 것 같지만 우리는 계속해서 새로운 순간을 맞이하며 살고 있다는 사실을 잊지 않았으면 좋겠다.

당신이 삶 가운데에서 잠시 멈추어 바라보고 새로움을 찾으려는
시도를 하게 되기를.

2019년 2월 봄을 손짓하며, 유미진

차례

CHAPTER

1

멈추다, 바라보다

나는 누구인가

CHAPTER

1

멈추다,
바라보다

유연함에
대하여

몇 해 전 여름, 나와 아이들 둘, 이렇게 셋이서 제주 한 바닷가마을에서 제주살이를 한 적이 있다. 우리가 머물렀던 숙소 마당은 모래가 섞인 잔디밭이었고, 길만 건너면 바다였다. 집 안팎을 하루에도 수십 번씩 드나들다보니 현관은 물론 집안까지 모래투성이가 되기 십상이었다. 아무리 쓸고 닦아도 수시로 드나드는 아이들의 옷과 발에 묻은 모래를 감당할 수는 없었다. 나는 청소하기를 좋아하는 사람이 아니었지만, 방안에 서걱서걱한 모래가 굴러다니는 것을 참기가 힘들었다. 처음 며칠은 청소기를 열심히 밀어댔다. 밖에서 들어오는 아이들의 옷과 발을 털고 집에 들어오게 했다. 하루 한두 번만 드나드는 것도 아니고 매번 그렇게 하자니 아이들도 나도 지쳐 포기할 지경에 이르렀다. 결국 청소는 저녁 무렵 한번만 하고 그전에는 굴러다니는 모래와 함께 지낼 수밖에 없었다. 나중에는 침대시트에까지 모래가 가득해도 덤덤해질 수 있었다.

평소 서울에 살 때는 미세먼지 공해로 창문을 열고 생활하기가 힘들다. 미세먼지가 심한 날은 환기시키기도 겁날 지경이다. 집안에는 공기청정기가 쉴 새 없이 돌아가고 창문은 꼭꼭 닫아두고 지낸다. 파란 하늘을 보기 힘든 요즘, 창문을 열고 지낸다는 것은 도시에서는 어쩌면 무모한 사치다. 하여 제주 시골마을에서는 하루 종일 창문을 열고 지냈다. 창문을 타고 들어오는 바닷바람은 집안의 열기를 식혀주기에 충분히 쾌청했다. 제주 바닷바람을 맞으며 방안에 누워 있으면 그야말로 신선놀음이 따로 없었다. 집 밖과 집 안의 경계는 이렇게 서서히 모호해지고 있었다.

아이들은 하루 중 오후 반나절 대부분을 물놀이도 하고 물고기도 잡으며 바닷가에서 보냈다. 아무리 모자를 씌우고 자외선차단제를 발라준다 한들 여름의 뙤약볕 아래에서는 도리가 없었다. 아이들의 피부는 흡사 시골아이들마냥 새까맣게 그을렸다. 제주살이를 마치고 서울로 돌아왔을 때는 연탄을 뒤집어쓴 듯 까만 아이들의 모습에 주변에서 입을 다물지 못했을 정도였다.

집 안과 집 바깥을 구분 짓는 경계는 그렇게 시골의 모래와 바람과 햇볕으로 인해 흐려지게 되었다. 모래는 집 안에 들어오면 안 되는 거라 생각하며 살아왔다. 공기의 질이라는 현실문제가 있기는 하지만 아무튼 도시에서 창문을 꼭꼭 닫고 바깥의 바람과 소리를 차단하며 살고 있다. 햇볕을 조금만 쬐어도 피부에 이상이 생기지 않을까 우려하며 자외선 차단제를 덧바르며 산다.

맨발로 땅을 디뎌본 적이 언제였던가. 땅의 기운으로부터 차단된 채로 신발을 신고 살아간다. 한 블로그 이웃이 새벽마다 공원에서 맨발걷기를 하는 것을 본다. 단절되어 있는 경계를 허물고 자연으로 한 걸음 더 가까이 다가가려는 시도다.

밀림의 원주민들은 실오라기 하나 걸치지 않은 맨몸으로 살아간다. '문명화'된 우리의 시각으로 볼 때 야만이지만 실은 가장 자연스러운 형태다. 아담과 이브도 선악과를 따먹은 직후부터 몸을 가리기 시작했다. 옳고 그름이라는 경계를 세우고 판단하는 잣대의 시작인 셈이다.

네덜란드의 화가 에셔M.C.Escher의 작품전에서 〈만남Encounter〉라는 작품을 본 적이 있다. 반복되어 그려져 있는 흰 남자와 검은 남자들은 결국 만나서 악수를 하고 있다. 언뜻 보기에 흰 남자와 검은 남자는 상반되어 나눠져 있는 것처럼 보이지만 자세히 보면 흰 남자와 흰 남자 사이의 검은 공간의 형체가 검은 남자이다. 그의 많은 다른 작품들도 보면 두 개의 대상을 구분하는 경계가 없다. 상반된 두 개의 대상이 대립구도를 보이지만 결국에는 서로 얽히고 합쳐져서 하나의 대상이 된다. 바닥과 천장처럼 보이지만 시점에 따라 바닥이 천장이 되기도 하고, 천장이 바닥이 되기도 한다. 왼쪽 오른쪽, 안과 밖 모두 마찬가지이다. 달라 보여도 결국 하나일 수밖에 없다는 메시지를 표현하고 있다.

뉴턴으로 대표되는 근대 물리학과 합리적 이성을 강조하는 데카르트식 이성주의는 자연을 비이성으로 규정짓고 대상화시켰다. 자연을 이성과 대치되는 개념으로, 인간과 분리되는 물질세계로 바라보게 되었다. 내가 속한 세계가 우월하다는 논리로 이원적인 세계관이 보편화되었다. 그리하여 인간은 원래 자연에서 온 존재이지만 이를

에셔M.C.Escher의 〈만남Encounter〉

반복되어 그려져 있는 흰 남자와 검은 남자들은 결국 만나서 악수
를 하고 있다. 상반된 두 개의 대상이 대립구도를 보이지만 결국에
는 서로 얽히고 합쳐져서 하나의 대상이 된다.

망각하고 자연을 파괴하는 실수를 저지르며 살고 있다. 인간의 영리를 위해 아마존의 열대림을 파괴한다. 영화 〈아바타〉에서도 문명의 이름으로 판도라 행성을 파괴하는 인간의 이기적인 우월성의 논리를 볼 수 있다. 무수히 많은 정치, 종교, 문화, 인종간의 갈등 역시 서로의 이질성을 공격하는 것에 지나지 않는다. 이렇게 우리는 삶 속에서 너무도 많은 경계를 짓고 벽을 쌓고 살아가고 있다. 인간사의 많은 비극은 어쩌면 너와 나를 구분짓는 데에서 기인한 것일 수도 있다.

'다름'은 '틀림'이 아니라는 것을 인정하는 것이 어려운 일임은 분명하다. 비슷한 '우리'끼리 연대하기가 쉽지, 나와 우리와 생각이 다른 '너희'와 허심탄회한 소통을 하고 살아가기란 쉽지 않다.

당장 부부관계만 보더라도 서로의 다름을 인정하지 않기 때문에 다툼이 일어난다. 내 말이 맞고, 상대방의 논리는 맞지 않다며 서로를 공격한다. 나와 다른 의견을 받아들이는 것은 쉽지 않기 때문에 노력이 필요하다.

지금 나의 존재, 나의 몸을 한번 들여다보자. 엄마의 자궁 속에서 나는 본디 정자와 난자가 만나 이루어진 하나의 수정란이었다. 하나의 수정란이 수많은 세포분열을 해서 몸의 각 장기와 기관이 만들어져 각각의 기능을 하게 되었다. 또한 이러한 신체 각 부위가 모여 나라는 한 사람을 이루고 있다. 이렇듯 내 몸도 수많은 세포와 기관들로 나누어진 것처럼 보이지만 실은 원래 하나의 수정란에서 출발했다. 다른 사람과의 관계도, 세상과 나와의 관계도 이렇게 원래 다르지 않은 하나였다는 생각을 하며 살면 좋겠다. 나와 너 사이에 선을 긋는 경계를 허물어뜨리고 살아야 한다. 어디 넘어오기만 해봐라 하며 쌓아올린 견고한 담을 무너뜨리고, 좀 넘어오면 어때 하는 열린 마음을 가지고 살면 좋겠다. 그까짓 경계 좀 모호하면 어떤가. 옳고 그름의 잣대로 나와 다름을 판단하지 않는 유연함을 가지고 살면 내 마음도, 세상도 참 평화로울 것 같다.

버텨내기

나는 등산을 좋아하지 않는다. 계절 따라 형형색색의 다채로운 빛깔을 선사하는 산 풍경을 감상하는 것은 물론 무척 사랑하지만, 산에 오르는 건 질색이다. 올라갔다 내려올 걸 뭣 하러 오르나 하는 논리를 갖다 붙이곤 했다. 돌아서면 배고플 걸 밥은 왜 먹나 하는 억지논리를 들먹이며, 여하튼 산에 오르는 것을 즐기지 않았다.

초등 시절 부모님을 따라 겨울 산을 몇 번 따라간 적이 있다. 부모님 말씀을 잘 듣는 착한 아이였기 때문에 고분고분한 척 억지로 산을 올랐다. 어른이 되고 나서는 자발적으로 산을 오른 적이 거의 없다. 아이러니하게도 10여 년 전 회사 다닐 때 사내 등산회 소속이었다. 우리 부서 사람들은 거의 자동 가입되는 시스템이었기 때문이다. 그 등산회에서 단체로 한라산을 등반한 적이 있다. 산 자체는 가파르지 않지만 완만한 굴곡의 산을 9시간 정도 걸어 올랐던 것 같다. 20대 중반의 체력이었음에도 마지막 그룹에서 뒤쳐져 겨우겨우 산행을 마칠 수 있었다. 그렇게 힘들게 올라갔건만 백록담은 여름의 축축하고 자욱한 안개에 휩싸여 본래의 자태를 감추고 있었다. 차마 산에 남을 수가 없으니 마지못해 무거운 등산화를 질질 끌면서 내려온 지독한 추억이다. 그렇게 힘든 경험이 제일 기억에 남는지 지금은 '난 한라산 올라가본 사람'이라는 무용담으로 으스대기도 하지만 말이다.

제주의 진수는 오름이라고들 한다. 오름에 올라가야만 진짜 제주의 풍경을 볼 수 있다고 했다. 네 살 일곱 살 아이를 둘 데리고 오름에 오른다는 건 나에겐 큰 도전이 아닐 수 없었다. 홀몸으로 등산이라고 해도 질색인데 아이들과 함께 산에 오르라니! 제주에 머무는 동안 오름이 대체 어떤 곳인가 궁금했다. 누가 등 떠밀지 않는 자발적인 의지에는 추진력이 따라붙기가 쉬운 법이다. 숙소에서 멀지 않은 위치에, 아이와 함께 오를 만한 높지 않은 오름을 검색했다. 그리하여 도전하기로 한 곳이 저지오름이었다.

대부분의 산이 그렇듯이 저지오름을 오르는 길도 여러 갈래가 있었다. 미리 알았더라면 가장 짧은 길을 택했을 텐데 하필 내가 주차한 곳의 오름길이 가장 에둘러서 오르는 길이었다! 산 아랫자락을 빙 두른 둘레 길을 1키로미터도 넘게 걸어서 몇백 미터의 오름을 곧장 올라야 하는 경로였다. 어른 혼자였다면 그다지 힘들지 않았을 텐데 두 아이를 데리고 걷자니 걸음도 세월아 네월아, 조금 가다가 다리 아프다며 징징대는 작은 아이 덕분에 나까지 지치는 상황의 연속이었다. 그나마 다행히도 숲이 우거진 둘레 길이 여름의 내리쬐는 태양을 가려주어 시원했다. 그늘진 길이 아니었다면 중도에 포기했을지도 모를 일이다. 꼭대기끼지 올라갔다가 내려오면 사탕 사준다는 유혹으로 달래가며 걷고 또 걸었다. 몸은 힘들었지만 6월의 녹음은 싱그러운 숲의 향기로 우리를 가득 채워 주었다. 숲길 중간 중간에 발견하는 빨알

간 뱀딸기는 아이들의 관심을 사로잡기에 충분했다. 예전에 지하철 1호선인가 환승역의 안내방송에 알림음으로 들리던 새소리가 그곳에도 들렸다. 휘파람처럼 노래한다 해서 휘파람새라는 이름을 가진 새가 들려주는 소리가 아이들과 내 귀를 행복하게 해주었다. 온몸을 간질이는 것 같은 귀엽고 앙증맞은 새소리의 향연! 지나가며 마주치는 어르신들은 아이들이 기특하게 잘 걷는다며 말동무도 해주고 잡고 끌어주기도 했다. 빙 둘러 둘레 길을 끝내고 드디어 오름을 오르는 길이다. 500미터가 안 되는 짧은 거리지만 둘레 길과 다르게 경사있는 오르막길이다 보니 아이들이 힘들어했다. 오를수록 성긴 나무들 사이로 쏟아지는 햇볕이 뜨거워 아이에게 내 모자를 벗어 씌워주고 뒤에서 밀고 앞에서 끌며 올랐다. 그렇게 올라간 꼭대기의 전망대에서 맞는 바람은 끝내주었다. 올라오는 여정이 힘들지만 그 안에 소소한 행복거리가 가득하고, 꼭대기의 탁 트인 사방의 풍경과 마주 불어오는 그 바람 때문에 많은 이들이 산을 사랑하나 보다.

다른 날 우리는 비양도의 비양봉에도 올랐다. 나무 데크로 만들어져 끊임없이 이어진 계단을 오르고 또 올라야 했다. 가다 서기를 몇 번이나 반복했다. 쉬는 동안 뒤로 시선을 돌리면 일렁이는 바다가 펼쳐져 있었다. 불어오는 바닷바람에 얼굴을 마주대어 기운을 차리고 다시 계단을 올랐다. 큰아이는 새로 사 신은 샌들에 발뒤꿈치가 까여 아파했지만 끝까지 해내면 상품이 있다는 엄마의 꼬드김에 끝까지 포기하지 않았다.

3분의 2지점쯤 올랐을 때 대나무숲이 나타났다. 한여름의 태양을 가려주는 작은 대나무동굴은 마치 비밀기지를 통과하는 듯한 재미를 느끼게 했다. 드디어 비양봉의 하얀 작은 등대 앞에서 사방의 바다를 마주했을 때 그 감격이란! 아이들에게도 해냈다는 성취감은 특별했을 것이다. 산山교육이 산alive교육이 되는 지점이라고나 할까.

책《연금술사》에서 연금술사가 산티아고에게 이렇게 말한다.

> 대부분의 사람들이 포기하고 마는 것도 바로 그 순간이지. 사막의 언어로 말하면 '사람들은 오아시스의 야자나무들이 지평선에 보일 때 목말라 죽는다'는 게지.
>
> – 파울로 코엘료,《연금술사》, 문학동네, 2001, 215쪽

누구에게나 포기하고 싶은 순간은 온다. 한 걸음만 더 가면 된다는 건 알지만, 그 한걸음을 마저 내딛기가 그렇게나 힘들다. 성공과 실패의 운명이 갈리는 순간은 그 마지막 한걸음이다.

요가동작을 가르치다 보면 금방 포기하는 이들이 있는가 하면 얼굴이 시뻘개지면서도 끝까지 버티는 이들이 있다. 어려운 아사나의 경우 그 자세로 버티기가 몹시 힘이 든다. 그럴 때는 이를 도와주기 위해 "이대로 세 호흡 하겠습니다.", "다섯 번 세겠습니다."와 같이 호흡을 함께해주거나 숫자를 세어준다. 포기하려 하면 "마지막 한 호흡 남았어요!"라고 말하며, 그들이 마지막 한번을 넘어서도록 도와준다. 강사인 나조차 한 동작을 하며 죽을 듯이 힘들어도 버텨내야 하는데 금세 포기해 버린 적이 많다. 어느 날 내가 학생으로 참여했던 요가

수업에서 선생님이 말했다. "매트 위의 모습이 내 삶의 모습입니다." 순간에 '띵' 하는 깨달음이 왔다. 그랬다. 매트 위에서 고작 몇 초도 힘들다고 포기하고 싶은 내 태도는 곧 삶을 대하는 태도였다.

'고진감래'와 같은 상투적인 표현이 그렇게 많이 인용되는 데에는 이유가 있다. '인내'는 우리 삶에 없어서는 안 될 미덕이기 때문이다. 과정의 고통 없이는 결과에 이를 수가 없다. 오르막이 있으면 내리막이 있듯이 인생에도 굴곡이 있기 마련이다. 옛말이 틀린 것 하나 없기 때문에 '여전히' 인용되는 것이다.

러너스하이runner's high라는 말은 달리기를 하는 이들이 격한 고통 후 어느 시점에 이르면 느끼는 환희나 희열을 뜻한다. 러너스하이 역시 이전의 고통이 수반되지 않으면 이를 수 없다. 얼마 전에 5km 마라톤에 출전했다. 출전을 위해 2주간 새벽마다 대학 운동장을 뛰며 맹연습을 했다. 3km정도 뛰고 나면 그만 포기하고 싶어진다. 호흡이 흐트러지기 시작하고 그만 주저앉고 싶은 한계를 느끼는 지점이다. 이를 극복하고 나머지 2km를 마저 뛰고 들어오면 러너스하이가 터진다. 거친 심장박동과 상기된 볼과 함께 세상이 나의 흥분 속에 살아 움직이는 듯한 느낌. 실전의 날 평소 연습한 대로 비슷한 기록으로 완주할 수 있었다. 해냈다는 성취감과 과정의 고통을 이겨냈다는 뿌듯함이 교차했다. "아픈 만큼 성장한다"는 진부한 말 역시 같은 맥락이다. 정신적이든 육체적이든 고통 없이는 경지에 이를 수가 없다. 인생에 아픔을 겪은 이들은 당시에는 죽고 싶은 심정이었을지라도, 어찌 보면 성장의 계단 하나를 오를 수 있는 기회를 얻은 이들이다.

인생에 힘든 시기에 있을 때 포기하지 않고 조금만 더 참으면 된다는 생각으로 버티는 것도 방법이지만, '아 이게 내가 성장하기 위한 기회구나'하는 관점도 필요하다.

'뻐팅기다'라는 말이 있다. '버티다'와 비슷한 말로 좀 더 강조할 때 쓰이곤 한다. 인생은 뻐팅기기의 연속이며 끝까지 버티는 자가 승자라고 한다. 문제는 어떻게 버틸 것인가인데, 악으로 버티면 오래 갈 수가 없다. "호흡으로 버티세요."라는 멘트는 내가 요가 지도할 때 자주 쓰는 말이다. 숨을 참으며 악으로 버티면 금방 무너진다. 힘들더라도 들숨과 날숨을 반복해가며, 특히 날숨에 힘듦을 내보내야 조금 더 오래 버틸 수 있다. 무조건 참고 직진하기 보다는 잠시 쉬었다 가는 날숨 같은 순간이 인생에 필요하다. 산을 오를 때도 중간중간 쉬어가듯이.

인생을 버텨내기란 42.195킬로미터를 완주하는 것과 같다. 달리다 보면 오르막길, 내리막길, 구불구불한 길, 편평한 길, 다양한 길을 만난다. 중간중간 쉬기도 하고 물도 마시고 천천히 혹은 빠르게 완급조절을 하며 끝까지 가야 결승점에 이를 수 있다. 5km를 뛰는 동안 오르막길을 만나면 속도가 늦춰지며 호흡이 흐트러지기 시작했다. 최대한 호흡을 유지하려 애쓰며 걸음을 멈추지 않았다. 많은 이들이 나를 앞질러 갔다. 때로는 내가 앞지르기도 했다. 중요한 것은 포기하지 않는 거다. 남들보다 좀 늦게 간들, 잠시 멈추었다 간들 어떤가. 나만의 레이스를 계속하기만 한다면.

요즘은 어딜 가나 무엇을 보든 '괜찮다, 괜찮다'라고들 한다. 포기하지 않은 한 괜찮은 거다.

"너희의 인내로 너희의 영혼을 얻으리라(누가복음 21:19)"라는 성경 구절처럼 인내하는 한 괜찮은 거다. 힘들지만 그래도 버텨내면 영혼을 얻을 수 있다.

깜냥에 대하여

　제주의 바다에는 밀물과 썰물의 차이가 크게 존재했다. 우리가 머물렀던 시기에는 아침에 나가면 물이 가득 차올라 에메랄드의 아름다운 바다 빛깔을 볼 수 있었고, 늦은 오후 나절에는 물이 몇 백 미터는 밀려나가서 바닥이 맨살을 드러내 곳곳의 물웅덩이에서 아이들이 마음껏 놀 수 있었다. 바닷물이 빠지면서 남긴 물결모양의 발자국이 빗금처럼 아로새겨 있는 모랫바닥은 그야말로 아이들의 놀이 천국이다. 바다가 남겨두고 간 물웅덩이에는 작은 물고기들이 떼 지어 도망다니고, 작은 바다새우와 바닷게가 모래 속으로 숨기 바쁘다. 아이들은 일회용 플라스틱 컵에 갖가지 해양생물들을 잡는 게 그리 즐거운 모양이다. 수퍼에서 파는 잠자리채를 사주었더니 그걸로 물고기랑 게를 잡는다며 바닷가에서 매일 시간을 보냈다.

　물웅덩이에는 조그마한 바닷게들이 정말 많다. 맨몸으로 사는 게들도 있지만 그곳에는 작은 소라껍데기 안에 몸을 숨긴 소라게들이 주로 있었다. 소라껍데기를 살짝만 톡 건드려도 안으로 쏙 숨어버린다. 잠시 후 인기척이 없으면 고개를 내밀고 집게발로 기어 이동한다. 그 모습이 어찌나 우습고 신기한지 소라게를 잡아 구경하는 재미가 쏠쏠했다. 어쩌면 그렇게 자기 몸에 꼭 맞는 껍데기를 찾아 아지트로 삼고 사는지 기특할 지경이다. 자신의 몸을 보호하며 살려는 본능이고 자연의 섭리이겠지만 자기를 위한 껍데기를 찾는 여정도 분명히 있었을 테다. 너무 작으면 들어갈 수가 없을 테고, 너무 크면 덜 그럭거려지고 다니기가 힘이 들 거다. 여기저기 부지런히 다니며 딱 맞는 사이즈의 집을 구하러 다녔을 테지. 딱 자기 깜냥만큼만 짊어지고 사는 소라게다.

깜냥은 스스로 지닌 힘의 정도를 알고 일을 헤아릴 수 있는 능력을 말한다. 우리는 스스로의 깜냥에 대해 어떻게 생각하며 살아가고 있는가. 아이들의 경우에는 계속해서 성장하기에 껍데기도 함께 성장해야 하는 게 당연하다. 그렇다면 어른은? 몸이 더 이상 자라지 않으니까 같은 크기의 껍데기에만 의존해서 살면 될까?

소크라테스의 '너 자신을 알라'는 말이 자신의 깜냥만큼만 살라는 소리는 아니었다고 생각한다. 물론 터무니없게 자기 분수도 모르고 무모하게 살지 말라는 의미도 있을 것이다. 하지만 자신의 능력에 선을 긋고 더 큰 껍데기로 갈아입을 수 있는 기회조차 놓치라는 의미는 더더욱 아니다.

운동을 해 본 이는 알 것이다. 운동을 처음 시작할 때는 몇 분밖에 못 버티기 쉽다. 혹은 몇 분 달리고 나면 숨이 가득 차올라 더 이상 걸음을 뗄 수 없는 상황은 누구나 경험해 보았을 것이다. 하지만 며칠 꾸준히 하다보면 몸이 변하는 것을 느낀다. 뛸 수 있는 시간, 버틸 수 있는 시간, 들 수 있는 무게가 조금씩이라도 향상된다. 몸의 능력도 단련하면 이렇게 향상된다.

영화 〈루시Lucy〉의 주인공 루시는 인간의 한계가 어디까지인가에 대해 생각하게 한다. 계략에 의해 합성약물이 체내에 퍼지면서 그녀의 모든 감각이 깨어나게 되며 겪는 줄거리의 액션영화다. 인간의 평균 뇌사용량은 10% 정도라고 한다. 약물이 점점 몸속에 퍼져 뇌의 24% 정도를 쓰게 되면 자신의 몸을 완벽히 통제하게 된다. 40% 정도면 모든 주변상황까지 마음대로 제어가 되며, 62%면 타인의 행동까지 컨트롤 가능하다고 한다. 영화는 뇌의 100%를 사용하게 되며 몸이 사라져버린 루시의 마지막 대사로 끝이 난다. 사라진 여주인공에게 어디 있냐고 문자를 보낸 남자가 루시로부터 받은 답은 "I am everywhere나는 어디에나 있어."였다. 인간이 자신이 가진 능력을 100% 쓰게 되었을 때 모든 곳에 존재하게 된다는 결말은 우리에게 철학할 기회를 준다. 적어도 인간의 능력에 한계를 짓는 행위가 적절하지 않다는 결론을 내릴 수는 있다.

마음의 크기는 어떠한가. 마음의 크기야말로 한계가 없다! 마음만큼은 깜냥이라는 말이 필요가 없다. 이를 잘만 활용하면 무엇이든 이룰 수 있는 요술지팡이를 얻은 것이나 다름없다. 마음의 그릇도 점점 키울 수 있다는 말이다. 마음을 의식과 무의식으로 나누기도 한다. 지금 내가 인지할 수 있는 생각이나 느낌은 의식영역이고, 나도 모르는

우리는 의식적으로 우리가 하는 모든 생각이 나의 행동과 삶을 지배
한다고 믿기 쉽지만 실은 반대다. '나도 모르게' 끌리거나 '어쩌다 보
니' 선택하게 되는 모든 것들이 무의식의 힘이다.

나의 마음영역이 무의식이다. 흔한 비유로 의식을 수면 위로 솟은 빙산의 일각이라고 한다. 무의식은 보이지는 않지만 80% 이상을 차지하는 수면 아래의 거대한 영역이다. 우리는 의식적으로 우리가 하는 모든 생각이 나의 행동과 삶을 지배한다고 믿기 쉽지만 실은 반대다. '나도 모르게' 끌리거나 '어쩌다 보니' 선택하게 되는 모든 것들이 무의식의 힘이다. 꿈이 무의식의 발로라는 사실은 누구나 알고 있을 것이다. 이러한 무의식을 잘 활용하면 실로 엄청난 결과가 나타날 수 있다. 우리의 무의식은 눈에 보이는 것에 민감하므로 수많은 자기 계발서에서 꿈을 종이에 적으라는 주문이 있는 것이다.

무의식은 사실 여부에는 관심이 없다고 한다. 간절히 바라는 것을 적은 종이를 본 무의식은 그것이 터무니 있든 없든 믿어버린다. 그에 따른 행동이 수반된다면 결과는 강력하다. '끌어당김의 법칙'이나 《꿈꾸는 다락방》의 생생히 꿈꾸면 이루어진다는 이야기도 같은 맥락이다. 많은 이들이 열심히 끌어당기고 생생히 꿈을 꾸었는데 이루어지지 않는다고 하지만, 실은 잘못 이해한 부분이 있다.

무의식이 믿어버린 꿈은 행동으로 나타나지 않을 수가 없다. 포인트는 무의식의 힘과 그에 수반되는 액션이 있어야 한다는 것이다. 꿈이 이루어지지 않았다며 불평하는 이들에게 이렇게 반문해 보아야 한다. 정말로 100% 추호의 의심도 없이 믿었는가? 그렇게 믿고 실천에 옮겼는가?

군이 의식 무의식을 논하지 않더라도 '마음먹기에 달렸다'는 말에 대해 생각해보자. 어떤 차종에 관심이 생겼을 때, 길거리에 그 차종만 보이는 경험을 해보았을 것이다. 운동을 시작해야겠다고 마음먹으면 피트니스 간판이나 정보가 눈에 쉽게 들어오기도 한다. 마음의 힘이란 이렇게 효력이 크다. 마음먹기에 따라서 정보가 내게 와서 달라붙기도 하고, 나아가 체감할 수 있는 행복도 달라진다.

　나의 깜냥에 한계를 두지 말자. 내가 짊어지고 있는 이 껍데기가 다가 아니다. 인간은 타고난 뇌 능력의 10%도 채 못쓰고 죽는다고 한다. 90%의 써보지 못한 가능성이 아쉽다. 우리는 우리가 생각하는 이상으로 더 크고 장엄하고 위대한 존재들이다. 이 작은 육신의 한계 속에만 갇혀 살지 말고 내 의식의 힘, 존재의 힘을 믿고 그 힘으로 원하는 것을 창조하며 살기를 바란다. 더 큰 당신의 가능성을 누리며 살기를 바란다.

심미안

　도시의 한복판에서 가장 쉽게 감상할 수 있는 자연의 선물이 하늘이다. 어디 깊은 산중이나 도심이나 고개만 들면 보이는 하늘. 나이가 들어 그런지 근래 들어 하늘을 올려다보는 시간이 많아졌다. 하루에도 몇 번씩 하늘을 올려다보고 하늘이 유난히 예쁜 날은 꼭 사진을 찍는다. 눈이나 비가 올 것 같은 구름 없는 잔뜩 찌뿌린 날도 있고 가을에는 구름 한 점 없는 투명한 파란하늘도 있다. 요즘 같으면 미세먼지로 뒤덮여 붉은 빛이 감돈다 느낄 정도로 뿌우연 하늘도 자주 볼 수 있다.

　계절마다 날마다 하늘의 빛깔이 다르기도 하지만 하늘의 아름다움을 가장 도드라지게 하는 매개는 구름이다. 구름이 없는 날을 제외하고는 구름의 모양이 단 하루도 같은 날은 없다. 천천히 혹은 바람의 세기에 따라 제법 빠르게 이동하는 구름을 가만히 보고 있자면 나도 모르게 자연의 경이에 찬사가 튀어나온다. 어쩌면 저렇게 각기 다른 신기한 모양을 만들어내는지. 구름이 유난히 예쁜 날이 있다. 그런 날은 축복과 감사에 겨워 행복하기까지 하다. 아기자기한 새털 같은 새털구름, 물고기 비늘 같은 비늘구름, 회색의 먹구름, 소나기구름, 겹겹이 쌓인 층구름, 연기가 피어오르는 것 같은 뭉게구름. 대기의 상태나 모양에 따라 많은 구름의 종류와 명칭들이 있다. 굳이 구름의 이름들을 알 것도 없이 그런 다양한 자연의 신비를 볼 수 있다는 사실만으로도 충분히 감사할 일이다.

삶에 바빠 하늘을 올려다 볼 수 있는 여유가 없는 이들도 비행기를 타고 창밖을 본다면 이야기는 달라질 것이다. 땅에서 올려다보는 구름과 일만 미터 상공에서 내려다보는 구름은 느낌이 너무나 다르며 누구나 매료된다. 장거리 비행 아니고는 창가자리를 선호하는 이유 중 하나가 구름을 감상하기 위함이라고 하면 너무 나만의 생각일까. 몽글몽글한 하얀 솜덩이들에 몸을 폭 맡기면 온몸을 감싼 듯 폭신폭신할 것만 같다. 티 없이 파아란 하늘 아래로 끝없이 펼쳐진 구름바다의 경이로움은 그야말로 비행기가 인간에게 선사한 선물이 아닐 수 없다. 비행기가 고도를 낮추면서 덜컹거리며 구름 사이를 통과할 때는 자욱한 안개 같은 이 수증기 덩어리가 좀 전에 보았던 구름이라는 사실을 믿기 힘들지만 아름다움의 여운은 비행의 추억이 되기에 충분하다.

비행기의 창밖으로 노을을 본 적이 있는가. 낮의 하늘에서 밤의 하늘로 이동하는 해질 무렵의 비행은 또 다른 감탄을 자아낸다. 뒤쪽 창문의 하늘은 캄캄한데 앞쪽 창문의 바깥 하늘에는 붉은 빛이 감돈다. 하늘과 땅의 경계선을 따라 지평선 부근은 붉고 위로 갈수록 푸른빛이다. 자세히 보면 꼭 무지개 같다. 지평선에서 시작하는 빨간색은 위로 올라가면서 주황색으로 노란색으로 붉은 기운이 점점 옅어지다가 초록색으로 파란색으로 보라색으로 푸른 기운이 점점 진해진다. 비온 뒤에 뜨는 것만 무지개인 줄 알았는데 해가 지는 하늘에도 무지개가 있었다!

별이 뜨면 또 다른 이야기가 펼쳐진다. 도시에서 산과 건물들에 시야가 막혀 별을 올려다보기만 하다가 지평선 너머, 비행기 날개 아래에 떠있는 별을 '내려다보는' 기분이란! 시야 아래 펼쳐진 별을 보는 순간은 정말 색다르다.

밤하늘의 별은 지상에서도 물론 각별하다. 지난여름 영월 두메산골에서 올려다본 하늘은 빛과 먼지로 가득한 도심의 하늘과는 천지 차이였다. 스케치북에 은색 반짝이 풀로 아무렇게 낙서해 놓은 듯 쏟아질 것처럼 수없이 콕콕 박힌 별들을 한참이나 올려다보았다. 그러다 문득 내가 지금 보는 저 별빛이 수만 수억 광년 전의 별빛이 이제야 이 지구별에 도착한 거라는 사실이 생각났다. 광활한 우주 한가운데 찰나 같은 나의 존재에 대해 사색을 할 수 있었다.

자연이 선사해 주는 이러한 아름다움은 잠깐 동안의 우리네 인생에 있어 크나큰 선물이 아닐 수 없다. 신은 혹은 자연은 인간에게 '보아라, 이렇게 아름답지 않느냐'며 아름다움과 경이로움의 메시지를 한결같이 보내고 있는데, 우리 인간은 그 충만한 메시지를 놓치며 살고 있는 건 아닌가 생각해 본다.

비단 자연의 아름다움뿐인가. 도시 야경을 보노라면 인공미로부터도 경이로움을 느낀다. 강남에서 모임 후 강북 우리 집으로 택시를 타고 이동할 때면 늘 한강다리들을 보게 된다. 그 중 특히 밤의 동호대교는 주황색과 푸른색의 빛이 다리를 수놓고 있어 색의 조화가 환상적이다. 보랏빛과 푸른빛이 어우러진 빛은 다리 아래 강물에 반사되어 마치 다리가 물감을 풀어놓은 물 위에 떠있는 느낌이다.

아름다운 것을 보고 아름답다고 느낄 수 있는 눈을 심미안이라고 한다. 꼭 미술관의 고매한 작품을 보며 감상할 수 있는 능력뿐만이 아니라, 우리 주변에 흔하게 존재하는 아름다움을 찾아 잠깐이라도 눈을 떼지 않을 수 있는 여유도 심미안이다.

자연의 아름다움을 보고 듣고 냄새 맡고 만질 수 있음은 가히 오감을 가진 인간의 특권이라 할 만하다.

《심미안 수업》의 저자 윤광준은 심미안이란 아름다움을 살피는 마음의 눈을 뜨는 일이라고 말한다. 인간이 아름다움을 각인하는 이유는 바로 '가치'를 부여하기 때문이라 한다. 또 그 가치는 감상하는 이에 따라 다양하게 해석될 수 있으며 그들이 느낀 감동을 언어로 표현하거나 재창조함으로써 행동으로 옮겨진다. 가치 있는 것을 알아보고 감탄하는 감각을 키워내려는 노력이 삶의 일환이 되어야 한다.

"사흘만 세상을 볼 수 있다면 첫째 날은 사랑하는 이의 얼굴을 보겠다. 둘째 날은 밤이 아침으로 변하는 기적을 보리라. 셋째 날은 사람들이 오가는 평범한 거리를 보고 싶다. 단언컨대, 본다는 것은 가장 큰 축복이다."

유명한 광고에서도 인용된 바 있는 헬렌 켈러가 남긴 유명한 말이다. 보는 것은 누군가에겐 평생의 소망이었지만 누군가에겐 너무 당연하게 갖고 있는 능력이라 그 소중함을 잊고 살기 쉽다. 매일 마주치는 가족들의 얼굴은 매일 보기 때문에 아쉬운 적이 없다. 밤이 가고 나면 아침이 오는 게 당연하다. 매일 지나다니는 거리 풍경 역시 식상하다. 대부분 사람들은 이처럼 일상의 익숙함에 젖어, 본다는 것이 얼마나 축복인지를 모르고 살고 있다. 매일이 똑같을 수 있는 풍경이지만 오감을 통해 그것을 매일 새로이 대하고 느낄 수 있어야 한다. 평범함 속에서도 보물을 발견한 듯 새로움을 찾아낼 수 있는 능력.

사람도 마찬가지다. 매일 살 맞대고 사는 가족들로부터 그들만의 아름다움에 대해 생각해 본 적이 있는가. 삶은 생활이다 보니 그 속에서 부딪치는 결점들만 눈에 띈다. 남편이 화장실에 불을 켜두면 또다시 시작되는 잔소리, 아들이 양말을 뒤집어 벗어 놓았을 때 나오는 한숨, 아무 데나 벗어둔 옷가지들, 그들의 좋지 않은 습관들과 마주하며 아름다움을 어떻게 찾으라고. 오히려 가족이 눈에 안 보일 때 보이는 아름다움이 더 많은 것 같다! 오죽하면 젊은 엄마들에겐 잠든 아이가 제일 예뻐 보인다고 했을까. 말도 안 되는 생떼를 쓰는 아이를 보며 그 순간에 그 아이의 아름다움을 발견하기란 분명 쉽지 않다. 그래서 노력이 필요하다.

여섯 살이 된 둘째아이가 요즘 그렇게 밉상이다. 예쁜 말만 골라하던 착한 아이였는데 변했다. 꼭 사춘기가 된마냥 말대답을 꼬박꼬박하고 소리까지 질러댄다. 한번은 내가 뭐라 야단을 쳤더니 이런다. "그럼 나 떠나도 되지? 엄마가 나 안 사랑하니까 떠날 거야." 처음에는 왜 이러나 싶고 짜증이 올라왔다. 하지만 자아가 발달하는 성장의 과정이라고 생각하니 웃음이 나기 시작했다. 자연스러운 생의 발달과정을 겪고 있으니 얼마나 감사하고 아름다운 일인가!

경이로운 자연경관을 보고 감탄하는 눈도 필요하다. 조금만 더 나아가, 약간의 의식의 전환을 통해 아름답지 않다고 느끼는 것들로부터 아름다움을 찾아낼 수 있다면 금상첨화다. 세상이 더 아름답게 보일 테니까. 다소 억지스럽다고 느껴질지라도 적어도 내 정신건강에는 좋을 테니 손해 볼 것 없지 않은가. 며칠 전에 작은 아이가 심통이 나서 유리창을 발로 뻥뻥 차다가 깨뜨리고 말았다. 업체를 불러서 유리를 가는데 10만원이 넘게 들었지만 천만다행히도 아이의 발은 멀쩡했다. 충분히 감사할 일이고 아름다운 삶의 흐름이라 느껴졌다. 아이의 성장이 무탈하게 흘러가는 고요한 삶의 흐름 가운데 있으니 얼마나 아름다운가!

"자세히 보아야 예쁘다. 오래 보아야 사랑스럽다"라는 나태주의 시처럼 멈추고 바라볼 수 있는 여유를, 안목을, 심미안을 갖고 살면 좋겠다. 그러면 삶이 주는 이유 없는 감동 속에 살 수 있지 않을까.

향기

　동생이 신혼여행지에서 코코넛 향이 나는 바디로션을 선물로 사 왔다. 코코넛 향기는 단숨에 나를 압도해버렸다. 엄밀히 말하면 바닐라와 섞인 코코넛 향에 반했다고 보는 편이 낫겠다. 본디 순수한 코코넛 향은 쌉쌀하면서도 시큼한 듯 무향에 가까운데 바닐라와 만나면 달콤하면서도 코코넛 특유의 향이 조화를 이루어 매력적이다. 이후 나는 바닐라 코코넛 향이 나는 바디로션, 캔들, 향수, 바디클렌저, 샴푸, 핸드워시 따위를 수집하기 시작했다. 내 몸에 닿는 코코넛 향을 사랑했고, 또한 내 몸에서도 달콤한 바닐라 코코넛 같은 향기가 났으면 좋겠다고 생각하기에 이르렀다.

　사람에게도 고유의 체취가 있다. 요즘은 향수를 많이들 뿌려서 그 사람 고유의 향을 알아차리기 쉽지 않다. 사람의 체취를 느낄 수 있는 가장 쉬운 방법은 그 사람의 방에 들어가 보면 된다. 남의 집을 방문해 보아도, 현관에 들어서는 순간 그 집만의 향기를 맡을 수 있다.

　심지어 민족마다 역시 다른 향을 지니고 있다고 한다. 외국인들이 우리나라 공항에 들어서면 마늘냄새를 맡는다고 한다. 우리 역시 다른 나라의 공항에 내리면 그 도시 고유의 향을 맡을 수 있다.

이렇듯 향기는 그 사람의 특성이다. 그래서 옛 애인을 떠올릴 때 그 혹은 그녀의 향이 어떠했다고 추억할 수 있는 것이다. 〈여인의 향기〉라는 유명한 영화에서도 눈이 안 보이는 알파치노가 다른 이를 분별해 내는 수단 역시 그 사람 고유의 향이었다.

내 입에서 나오는 말에도 향기가 있고, 나의 행동에도, 나아가 나의 인품에도 향기가 있기 마련이다. 사랑이 담긴 말에는 좋은 향이 나고, 남을 헐뜯거나 비방하는 부정적인 말에는 역한 냄새가 난다. 선의를 가진 행동에는 마음이 따뜻해져 마치 향긋한 향을 맡은 듯하지만, 악의를 가진 행동에는 역겨운 냄새를 맡은 듯 인상을 찌푸리거나 상처를 받게 되는 것이다. 마찬가지로 인품에도 향기가 있다.

"꽃의 향기는 십 리를 가고 말의 향기는 백 리를 가지만 베풂의 향기는 천 리를 가고 인품의 향기는 만 리를 간다."고 했다. 인품의 향기는 그 어떤 향기보다 강력하다. 그래서 사람이 꽃보다 아름답다고 하는지도 모른다.

공기는 무색무취라는 특색을 지녔다. 개성이 없는 것처럼 보인다. 하지만 누구나 마시고 내쉬며 느낄 수는 있다. 투명해서 눈에 보이지는 않지만 존재감은 강력하다. 나는 어떤 향기가 나는 사람이고 싶은가. 있는 듯 없는 듯 존재감이 강한 사람? 아니면 은은한 향이 나는 사람? 강한 향을 풍기며 존재감을 과시하는 사람?

나는 외출하기 전에 꼭 향수를 뿌린다. 남에게 좋은 향이 나는 사람이고 싶기 때문이다. 양쪽 손목에 모두 뿌린 후, 귀 뒤에 톡톡 비벼

"꽃의 향기는 십 리를 가고 말의 향기는 백 리를 가지만 베풂의 향기는 천 리를 가고 인품의 향기는 만 리를 간다."고 했다. 인품의 향기는 그 어떤 향기보다 강력하다. 그래서 사람이 꽃보다 아름답다고 하는지도 모른다.

마무리한다. 얼마 전에 누군가 나에게 향수냄새가 진하다는 말을 했다. 한 번도 내가 향수 냄새가 진한 사람이라고 생각해 본 적이 없었다. 내가 타인이 되어 내 향기를 맡아본 적이 없기 때문이리라. 다소 당황스러웠다. 내가 향수냄새 진한 여자라니. 드라마나 소설에 보면 청순한 여자 주인공은 꼭 샴푸향기가 은은하게 난다든가, 그녀에게서는 재스민 향기가 난다든가 하는 식이다. 여자 주인공이 결코 향수 냄새가 진한 법은 없었다. 향수를 뿌리는 행위는 나를 위한 것이라기보다는 남을 의식한 것이다. 상대방이 나로부터 좋은 향을 맡았으면 좋겠다, 남에게 어떠한 모습으로 비춰지고 싶다는 욕망의 단면이다.

아무리 향수 같은 인공의 향으로 자신을 포장한다 한들 그 사람이 온몸으로 뿜어내는 성품이나 인간성과 같은 인품은 드러날 수밖에 없다. 인공의 향은 지속적이지 않을 뿐 아니라 인품의 향기는 마음으로 느끼기 때문이다. 《장자》의 〈응제편〉에 보면 '조탁복박雕琢復朴'이라는 말이 있다. 무늬를 조각하고 다듬어 한껏 모양을 냈던 나무 밑둥을 도로 원래 모습으로 되돌려 놓는다는 뜻으로, 남에게 잘 보이려고 화려하게 꾸미지 말고 본래의 순박한 모습으로 돌아가야 한다는 말이다. 하지만 우리는 어떠한가. 인위적으로 본모습을 가리고 겉모습을 꾸미는 데에만 치중하고 있지는 않은가.

외모가 경쟁력인 시대라고들 하지만 내 안에서 스며나오는 향기는 어떠한지 자문해볼 필요가 있다. 나의 시선을 밖으로부터 안으로 돌릴 때 비로소 남의 시선으로부터 자유로워질 수 있다. 나는 여전히 눈밑주름, 팔자주름이 신경 쓰여서 아이크림을 열심히 바른다. 늘어나기 시작하는 흰머리를 모조리 다 뽑고 있다. 최대한 어려 보이려고 앞머리를 자른다. 하지만 언제부터인가 시선을 안으로 돌리기 시작했다. 여전히 외모가 신경 쓰이는 삼십대 후반 여자지만 내가 타고 다니는 차가 예전보다는 덜 신경 쓰인다. 무거운 명품백보다는 가볍고 실용적인 에코백만 들고 다닌다. 겉만 번지르하기보다는 나만의 향기를 품을 수 있기를, 뿜어나오는 아우라가 멋있는 사람이 되기를 소망한다.

비움

미니멀리즘 혹은 비움이 하나의 트렌드로 자리 잡은 요즘이다. 원래부터 정리나 청소에 젬병인 나도 트렌드에 편승해서 집을 좀 심플하고 소박하게 꾸미고 살고 싶다는 생각을 부쩍 많이 하게 된다. 유명 가구 브랜드의 쇼룸 같은 데 가보면 그 인테리어를 통째로 우리 집으로 옮겨놓고 싶다는 생각을 여자라면 누구나 하게 된다. 인테리어 잡지나 쇼룸에 나오는 심플하고 모던한 인테리어를 가만히 살펴보니 핵심은 비움이었다. 첫째로 물건이 거의 없다. 흡사 모델하우스처럼 메인 가구만 배치되어 있고 살림살이에 필요한 온갖 잡동사니는 배제된 상태이다. 현실에서 그렇게 철저한 비움은 힘들더라도 어쨌거나 물건이 적어야 집이 환해지는 건 사실이다.

얼마 전에 갓 결혼한 친구의 집들이에 갔는데 큼직한 가구만 있고 잡다한 물건이 거의 없었다. 처음 들어섰을 때는 황량하고 텅 빈 느낌에 영 어색했는데 깔끔하고 탁 트인 시원함을 느끼는데 오래 걸리지 않았다. 그렇다. 물건이 적어야 한다.

우리 집에는 유난히 물건이 많다. 내가 딱히 과소비하며 살고 있지는 않은데, 필요한 것만 사들이고 산다고 생각했는데 왜 이렇게 집이 복잡한지. 거실에는 아이들 책으로 가득하고, 드레스룸에는 내 옷들이 선반 칸칸이 동물 혓바닥 마냥 축 늘어져 있고, 부엌에는 온갖 잡동사니가 넘쳐난다. 우선 거실 중앙에 가득한 아이들 책을 정리하려고 죽 훑어보니 이 책은 이래서 못 버리겠고 저 책은 저래서 못 버리겠다. 책에 유난히 집착하는 나로선 책을 버린다는 건 결코 쉬운 일이 아니다. 아이들에게 "우리 이제 안 보는 책은 다른 친구들에게 기부하자."고 선포는 해두었는데 엄마 마음이 벌써 틀렸다.

버리고 나면 꼭 아쉬워지는 순간이 온다는 경험을 여러 번 해서인지 버리는 건 참 어렵다. 먹거리도 그렇다. 이미 유통기한 지난 우유나 요구르트가 여러 개 있었는데 나중에 화분에라도 줘야지 하며 못 버리고 냉장고에 쌓아둔 지 오래다. 어디 가서 누가 사은품이라고 무언가를 주면 분명 필요 없는 것도 공짜니깐 어딘가 쓸 데가 있을 거라며 꼬박꼬박 받아오기 일쑤다. 이렇게 버리지 못하고 오히려 모으는 습관 때문에 우리 집이 복잡해지나 보다. 필요 없는 건 버리고 비우는 게 깔끔하고 새로운 인테리어를 위한 제1원칙인데 멀고 멀었다.

두 아이를 낳고 키우면서 유난히 내 안에 화가 많이 쌓였던 것 같다. 아이들한테 짜증내고 소리 지르는 내 모습이 스스로 참 한심하다고 느꼈고 자격 없는 엄마라는 자괴감에 힘들어했다. 심지어 내가 분노조절장애기 아닐까 싶을 정노로 나는 화 잘 내는 엄마였다. 6, 7년 동안의 육아 이야기를 글로 써내려갔다. 내 안에 있던 이야기를 모조리 쏟아 놓았다. 내 스스로도 이해하기 힘들었던 과거의 에피소드를 글로 토해내고 나니 내 자신이 보였다. 내가 어떤 사람이라는 게 새롭게 보이기 시작했다. 그땐 이런 이유에서 그런 마음이 들었구나 하고 나를 더 이해할 수 있었고 포용할 수 있게 되었다. 나는 글로써 나 자신을 비웠던 것이었다. 비우고 나니 예전에 없던 공간이 생겼다. 새로운 것들로 나를 채워갈 여유가 생겼다. 지금은 내 안의 화가 많이 줄었다. 물론 여전히 가끔은 화도 내고 소리를 지르기도 하지만 예전에 비하면 개과천선했다. 아이들이 싸우고 난리를 쳐도 무서운 표정으로 경고 정도 날리는 데만 그치지 화가 올라오지는 않는다. 나는 마음의 찌꺼기들을 버리고 비우고 있었다! 글쓰기의 대가 나탈리 골드버그는 그의 책 《뼛속까지 내려가서 써라》에서 우리가 버린 육체의 쓰레기와 낡은 마음의 힘줄들이 삭아야 비로소 비옥한 토양이 된다고 말한다. 그는 이것을 '퇴비를 섞는 과정'이라고 표현했다. 마음의 부산물들을 비워내는 과정이 새로운 가능성을 위한 토대가 될 수 있다.

해독주스나 클렌즈 주스, 디톡스 따위의 말을 많이 들어보았을 것이다. 디톡스detoxification, Detox란 대체의학적 관점의 해독解毒으로 인체 내에 축적된 독소를 뺀다는 개념의 제독요법을 말한다. 유해물질이 몸 안으로 과다하게 들어오는 것을 막고 장이나 신장, 폐, 피부 등을 통한 노폐물의 배출을 촉진하게 한다. 쉽게 말해 몸에 쌓인 찌꺼기를 몸 밖으로 비워내는 것이다. 건전한 몸에 건전한 정신이 깃든다는 말처럼 몸과 마음은 함께 밸런스를 맞추어야 더 고양된 나로 발전할 수 있다. 그런 취지에서 나도 디톡스를 몇 번 해보았다.

처음 디톡스에 도전했을 때, 5일간 단백질 파우더와 비타민 같은 기본 영양제 이외에는 단식을 했다. 원래 일주일은 하려고 했는데 5일째 되던 날 아이가 먹던 과자에 무너지는 바람에 5일에 그치고 말았다. 그 경험을 통해 나는 새로운 나의 모습을 다시 발견하게 되었다. 내가 원래 식탐이 많지 않은 사람이라 생각했는데 나도 그저 본능에 충실한 사람이었음을. 남들이 음식을 먹는 걸 보며 참는다는 건 참으로 쉽지 않았다. 음식 냄새가 침을 고이게 하고 먹을까 말까 수없이 유혹에 빠져야만 했다. 그런 어려움을 제외하면 몸을 비워내는 작업은 여러 이점이 있었다. 디톡스를 하는 동안 몸이 가벼워지는 것은 물론이요, 식곤증이 없었다. 오히려 정신이 맑아지고 또렷해짐을 느낄 수 있었다. 그렇게 몸을 비워낸 후에 아무 음식을 다시 집어넣으니 피부에 반응이 즉각 올라왔다. 원래 얼굴에 트러블이 거의 없는 편인데 좋지 않은 음식 성분에 뾰루지가 올라오는 것이었다. 깨끗한 음식의 중요성을 절실히 느낀 값진 경험이었다.

이외에도 여러 종류의 디톡스가 있다. 유해물질로 가득한 주거환경을 천연마감재로 바꾸는 것도 넓은 의미에서의 디톡스라고 한다. 또 스마트폰이나 전자매체를 끼고 사는 현대인들에게 디지털 디톡스도 많이 권장되고 있다.

힘든 요가 동작을 하며 여러 호흡을 버텨야 할 때가 있다. 부들부들 떨며 근육의 통증을 참으며 견뎌야 하는 그 순간에는 아무 생각이 나지 않는다. 그저 언제 끝나나 하며 무너지지 않게 버티는 데에만 집중한다. 내 몸에 몰입하는 순간이다. 그 순간만큼은 다른 잡생각이 날 겨를이 없다. 그래서 요가는 움직이는 명상이라고 불리운다. 아사나를 하며 잡생각을 비워내는 것이다.

노자는 《도덕경》에서 바퀴와 바큇살을 통해 비움의 중요성을 설명한다. 바퀴의 여러 개 바큇살은 중심부에 비어 있는 동그란 바퀴통으로 모인다. 바퀴통은 가운데가 비어 있고 수레의 축이 집중되는 곳이다. 이 바퀴통이 비어 있어야 수레를 제대로 끌 수 있는 역할을 한다. 그릇은 비어 있어야 그 쓸모가 있으며 창과 문을 뚫어 만든 방은 비어 있어야 방의 쓰임을 하게 된다. 노자는 이러한 예를 통해 텅 비어 있어야 존재가 이롭게 된다고 했다. '유'보다는 '무'를 강조한 노자에게 있어 비움은 도의 본질이었다.

현대 물질문명의 사회에서는 '없음'보다는 '있음'의 가치가 우월하다. 소유욕과 결탁해서 하나라도 더 많이 가진 이가 승자로 판가름 난다. 이런 와중에 비움의 트렌드는 참 반길 만하다.

인터넷 까페 같은데 보면 '1일 1비움' 프로젝트에 많은 이들이 뜻을 모으고 있기도 하다. 하루에 물건 하나씩 버리기로 비움의 작은 실천을 하자는 취지다. 무엇이든지 오래 갖고 있거나 담고 있으면 탈이 나게 마련이다. 화를 오래 가슴에 안고 있으면 화병이 되고, 몸속의 노폐물을 배출하지 못하고 오래 갖고 있으면 독이 된다.

깨끗한 몸과 마음을 위해서라도 일단은 비우는 게 먼저다. 비워내야 좋은 것으로 채울 공간이 생긴다.

다른 좋은 것들로 채우기 위해 몸과 마음을 비워내는 것. 이것이 바로 진정한 비움의 철학이 아닐까 한다. 아직 집안 환경의 비움이 내게는 숙제로 남아있지만 차근차근 도전해 나갈 생각이다. 비워야 새로 채울 수 있다. 지금 나에게 어떤 것을 1순위로 비워내는 게 좋을지 생각해 보자. 하루에 한 개씩 버리기에 한번 도전해 보는 것도 좋을 것 같다.

CHAPTER

2

사람과
사람 사이

기대하지 않기,
바라보기

인간관계에서 해서 좋을 것 없는 것 중 하나가 바로 기대하는 것이다. 연인이 처음 만났을 때는 서로에게 기대하는 바가 없다. 있는 그대로의 모습에 황홀해 한다. 그저 같이 있는 것만으로도 행복하면 사랑을 시작한 지 얼마 되지 않은 풋풋한 사이다. 허니문 스테이지를 지나 콩깍지가 벗겨지면 그때부터 비극이 시작된다. 생물학적 호르몬의 변화가 연인 사이의 감정에 영향을 미치기도 하지만 더 큰 요인은 상대방에 대한 기대나 요구사항이다. 시간이 지날수록 이렇게 해주면 좋겠다는 식으로 자신이 정해놓은 틀에 상대방을 집어넣으려 한다. 기대 수준의 조절에 따라 만남의 지속여부가 결정되기도 한다.

상대방을 내가 원하는 상象으로 바꿀 수 있다고 믿는 것은 크나큰 착각이다. 나 자신도 바꾸기 힘든데 하물며 남을 바꿀 수 있겠는가. 우리는 이 사실을 머리로는 너무나 잘 알고 있다. 아는 데도 자꾸 내가 원하는 모습을 상대에게 투영한다. 부부 사이, 부모 자식 간 대부분의 문제가 바로 기대로부터 발생한다. 우리 남편은 온 집에 불을 다 켜두고 다닌다. 절대 끄는 법이 없다. 내가 먼저 외출한 날 집에 들어와 보면 어김없이 불이 켜져 있다. 결혼생활 10년 내내 잔소리를 했지만 아직도 고치지 못했다. 원래 저런 사람이라고 내려놓으면 되는데 잘 안 된다. 차라리 눈에 안 띄면 속이나 편할 텐데, 주말부부들더러 전생에 나라를 구했다고 하는 이유가 너무나 잘 이해된다. 이 땅의 아내들에게 가장 큰 숙제는 아마도 남편이리라.

아이들한테도 크게 다르지 않다. 아이가 뱃속에 있을 때는 그저 건강하게 태어나기만을 바란다. 아이가 태어나 손가락 발가락이 열 개인지 확인하고 나면 가슴을 쓸어내린다. 그저 감사할 따름이다. 아이가 건강하게 잘 자라고 말을 하기 시작하고 걷기 시작함에 따라 부모의 욕심이 슬그머니 고개를 들기 시작한다. 좀 더 똑똑한 아이가 되었으면 하는 마음에 책을 사들이고 방문교사를 부르고 여러 가지 수업이나 프로그램에 참여시킨다. 학교에 입학하면 공부를 잘했으면 싶고, 좋은 대학에 가기를 바란다. 대학을 졸업하면 취업을 잘했으면, 시집장가 잘 가기를, 손주를 보게 되기를. 자식에게 바라는 바가 끝이 없다. 태어나기 전에 그저 건강하기만을 바랐던 부모 마음은 아이의 성장과정에 상응하는 기대로 탈바꿈된다.

지나다니면서 마주치는 어른들에게 인사하라며 자꾸 잔소리를 하게 된다. 갖고 논 장난감이, 벗어놓은 옷가지가 사방에 펼쳐져 있으면 정리하라며 채근한다. 책을 좋아하는 옆집 아이를 보며 우리 아이는 왜 가만히 앉아 집중을 못하고 산만하기만 한지 한숨을 내쉰다. 아래층에 시끄러우니 제발 쿵쿵 뛰지 말라고 수도 없이 꾸짖는다. 이 모든 것들이 사실은 아이라면 자연스러운 모습이다. 아이니까 아직 사회관습과 예의에 익숙하지 않다. 아이라서 뛰어 노는 것이 당연하다.

내가 바라는 엄친아의 모습으로 아이가 성장하기를 기대하는 것이 애시당초 잘못되었다. 그 '말도 안 되는 기대'에 못 미치니까 우리 아이만 왜 저럴까 싶고 남의 아이가 부럽다.

기대하면 그만큼의 대가나 결과물을 바라게 된다. "내가 당신한테 어떻게 했는데, 당신이 내게 이럴 수 있어!"라는, 드라마에서 자주 나오는 이 대사는 연인관계든 부모자식간이든 해당된다. 내가 믿고 베풀었는데 돌아오는 것이 기대에 못 미칠 때 받는 배신감과 실망감은 상당하다. 공부를 꽤 잘했던 내가 대학수능시험에서 예상에 훨씬 못 미치는 결과를 받았다. 나보다 부모님의 실망감이 대단했다. 초중고 12년 동안 쌓인 기대감이 수능시험 한 번에 와르르 무너진 셈이다.

기대가 크면 실망도 큰 법이다. 관계에 있어서 기대하기 보다는 있는 그대로를 바라보아야 한다. 상대방의 지금 그대로의 모습을 인정하고 수용하는 것이다. 내가 이상적이라고 생각하는 그 모습을 버리고 상대방이 행동하고 말하는 패턴 그대로를 아무 판단 없이 그냥 지켜보는 것이다. 말이 쉽지 어려운 일이다. 당장 마음에 안 드는데! 한 번 생각해보자. 내가 지금 사랑하는 그 사람을 떠올려보자. 당신은 그 사람을 왜 사랑하는가? 그 사람이라서 사랑하는가, 아니면 그 사람이 내가 생각하는 어떠한 기준에 부합해서인가? 내가 정한 기준에 맞기 때문에 사랑하는 거라면 다른 사람으로 대체해도 무방하지 않을까? 그 사람의 그림자부터 밝은 면까지 어떠한 판단도 없이 그대로를 받아들일 수 있다면 당신은 조건 없는 사랑을 하고 있는 것이다. 기대보다 그와의 만남 자체를 소중히 할 수 있어야 한다.

많은 부부들이 배우자를 자신의 뜻대로 바꿀 수 있다고 착각하고 산다. 그래서 관계에 금이 간다. 서로 다른 기준을 요구하니 다투게 된다. 자기 자신도 바꾸기 힘든데 남을 어찌 바꾸겠는가.

내가 바꿀 수 없는 것을 받아들일 평안을
내가 바꿀 수 있는 것을 바꿀 용기를
그 두 가지를 구별할 수 있는 지혜를
내게 허락하시옵소서.

- 라인홀트 니버

라인홀트의 기도문에서처럼 상대방을 바꿀 수 없다고 차라리 내려놓으면 마음에 평화가 올 것이다. 그야말로 내가 바꿀 수 있는 것과 없는 것을 구별할 수 있는 지혜가 필요하다! 상대방을 바꾸려 말고 나부터 바뀌어야 한다. 그 용기가 우리에게 필요하다. 한 지인이 내게 말했다. 남편을 바꾸려면 7년은 걸린다고. 하지만 나의 경우 10년이 되었는데 100분에 1정도 바뀐 것 같다.

아이들에게 내가 생각하는 바람직한 아들상이 있었다. 이를 내려놓고 나니 아이들이 예뻐 보이기 시작했다. 왜 그렇게 말을 안 듣는지 복장 터지는 대신 고요히 바라볼 줄 알게 되었다. 그냥 그것이 너의 모습이라고 인정하기 시작하니 내 마음이 편해졌다. 소리 지르는 대신 강한 어조로 한마디 짧게 할 수 있게 되었다.

존경하는 에크하르트 톨레 선생이 이렇게 말했다.

> 어린 자식이 있다면 최선의 능력을 다해 돕고 지도하고 보호해야
> 하지만, 그보다 더 중요한 것은 아이에게 공간을 허용하는 일이다.
> 존재할 공간을. 아이는 당신을 통해 이 세상에 왔지만 '당신의 것'
> 이 아니다.

아이가 자신들의 산물이라는 생각이 부모들이 하는 가장 큰 착각
중에 하나다. 자기 것이니까 자신의 기준을 투영하고 마음대로 되지
않으면 화가 난다. 아이에게는 아이의 인생이 있다. 내가 대신 살아
줄 수 없다. 있는 그대로 존재할 공간이 필요할 뿐이다. 부모인 내가
아이의 공간을 허락하지 않으면 그 아이가 커서 세상에 나갔을 때 그
누가 공간을 허락하겠는가. 아이가 아이만의 색깔대로 성장하는 것
을 한 발짝 뒤에서 바라보고 지켜볼 수 있는 부모가 진정한 부모다.

그 사람의 존재 자체를 바라보고 인정하는 것이 행복한 관계로 가
는 첫걸음이다. 사회적 지위나 나이, 경제력, 거주지 따위의 꼬리표를
떼고 서로를 존재 자체로 대할 수 있으면 얼마나 아름다운 세상이 될
까. 나를 누구의 엄마, 아내, 무슨 일을 하는 사람이 아니라 내 존재를
바라봐 주는 이와 소통하고 싶다. 나의 인간적인 한계를 알면서 다 포
용해줄 수 있는 관계, 무슨 일을 하든 지지해 주고 응원해 주는 관계,
이해관계 전혀 없이 마음을 나눌 수 있는 관계라면 얼마나 좋을까. 그
런 관계가 바로 소울메이트soulmate이다. 소울메이트는 비단 남녀 사

내가 정한 그 기준과 기대가 있다면 나 자신은 그 틀에 맞게 살아가
는지 자문해보자. 상대방을 정 바꾸고 싶다면 나부터 바꾸는 게 먼
저다. 기대하지 말라. 있는 그대로를 바라보면 모든 것이 편해진다.

이에만 국한되지 않는다. 인생여정 중에 큰 기쁨 하나가 나의 소울메이트를 찾는 것이라고 한다면 얼마나 살맛이 날까. 얼마나 행복한 일인가. 그런 관계 속에서는 '이래서 네가 좋고 저래서 네가 좋아'라는 이유가 없다. 존재 자체를 사랑해주고 품어준다. 내 인생에서 소울메이트를 만난다는 건 크나큰 행운이지만 더 중요한 사실은, 내가 그런 사람이 되도록 노력할 수 있다는 것이다. 내가 누군가의 소울메이트가 되어준다면 얼마나 좋은 일인가!

내가 정한 그 기준과 기대가 있다면 나 자신은 그 틀에 맞게 살아가는지 자문해보자. 상대방을 정 바꾸고 싶다면 나부터 바꾸는 게 먼저다. 기대하지 말라. 있는 그대로를 바라보면 모든 것이 편해진다.

나를 지키는 힘,
자존감

　남들이 나를 어떻게 생각하는가에 목숨을 걸던 시절이 있었다. 그러니 남들의 기준에 맞춰서 살았다. 어릴 때엔 엄마아빠의 교육방식에 맞춰서 공부하라면 했고 하지 말라면 하지 않는 착한 아이였다. 사춘기 때 반항 한번 해보지 않았다. 성향이 순했지만 당연히 그렇게 살아야 하는 거라 생각했다.

　나를 꾸미는 데에도 별로 관심이 없었다. 중학생까지도 머리는 당연히 엄마가 잘라주는 줄 알았다. 고등학생이 되어서야 친구들 따라 미용실에 가서 자르기 시작했다. 엄마가 잘라준 칼단발이 창피한 것인 줄은 그때서야 알았다. 여대에 입학한 새내기는 머리끝부터 발끝까지 예쁘게 치장한 여대생들을 보며 충격에 빠졌다. 지방에서 올라온 나는 아직도 고등학생 티를 벗지 못한 촌스러운 아이였다.

　졸업 후 회사를 다니면서 내가 돈을 벌기 시작하자 본격적으로 나를 꾸미는데 돈을 썼다. 쇼핑을 좋아하던 절친과 함께 주말마다 옷이며 액세서리 쇼핑을 했다. 그러다 보니 옷 고르는데 세련된 안목을 가진 그 친구의 기준에 맞춰 나를 꾸미게 되었다. 그녀가 예쁘다면 예쁜 줄 알았고, 촌스럽다면 그런 줄 알았다. 나중에는 그 친구 없이는 옷 사는 게 자신 없을 정도였다.

겉으로 보여지는 외모에만 신경을 쓰기 시작했다. 어떤 가방을 들고, 어떤 화장품을 바르고, 어떤 옷을 입느냐가 가장 중요했다. 보여지는 모습이 전부라고 생각했던 나에게 부모님의 20년 다 돼가는 구식 엑셀 자동차는 치명적인 결함이었다.

고등학교 3학년 시절, 야간자율학습을 마칠 때 아빠가 나를 데리러 오시곤 했다. 친구들이 아빠의 차를 볼까 겁이 났다. 아빠에게 교문에서 최대한 멀리 떨어진 곳에 차를 세우고 기다리라고 말하곤 했다.

어느 이십대의 날에는 데이트를 마치고 남자친구가 집 앞까지 데려다 주었다. 내 고향이 경북인 것을 알고 있었던 그는 '경북 00'라고 적힌 아빠차를 보고 혹시 너희아빠 차냐고 물었다. 순간 심장이 덜컥하며 얼굴이 사색이 되었던 나는 시치미를 떼고 아니라고 대답을 했다. 오래된 아빠차는 정말 창피했고 숨기고 싶은 나의 불명예였다.

좋은 대학에 가지 못한 콤플렉스는 나의 20대 시절 내내 숨기고 싶은 치부였다. 어느 대학 나왔는지 대답하기를 꺼려했고 이는 내 자존심의 크나큰 상처였다. 대학교 1학년 내내 적응을 잘 하지 못했고 재미가 있을 리 없었다. 내가 있을 곳이 여기가 아니라는 어린 생각에 서였다. 결국 2학년 때 편입준비를 시작했다. 주 이틀만 학교에 갈 수 있게 수강신청을 하고, 나머지는 학원에 다니며 편입준비에 올인했다. 결국 더 좋은 레벨(?)의 학교에 합격을 했다. 등록금을 내러 그 학교에 가는 버스에서 엄마한테 전화를 했다. 그냥 포기하겠다고. 생판 모르는 학교에서 3학년을 시작하기가 덜컥 겁이 났다. 기존의 학교에서 2년의 시간을 보내면서 친구들도 사귀었고 이미 익숙해져 있던 탓이었다. 홀로 새로운 환경에서 새로 공부를 해 나가기가 두려웠다. 무엇보다 편입생이라는 꼬리표가 따라다니는 게 싫었다.

회사에서 인정받는 유능한 직원이 되고 싶었다. 상사에게 잘 보이고 싶어서 눈에 나는 행동은 가능한 하지 않았다. 속으로 투덜대면서도 야근하는 척했고 술자리에도 꼬박꼬박 갔다. 입사할 때 면접관들 앞에서 춤노래를 선보였던 나는 술자리에서도 신입사원의 패기랍시고 춤과 노래를 했다. 그렇게라도 주목받고 싶었고 사람들이 나를 좋아해주길 바랐다.

남자친구를 고를 때도 남들이 어떻게 생각할까가 중요했다. 훤칠한 키가 내겐 매우 중요한 기준이었다. 그래야 옆에 섰을 때 남들에게 꿀리지 않는다 생각했다. 나를 몹시도 쫓아다니던 한 친구가 있었다. 종이 장미꽃 백 송이를 직접 접어서 선물로 주고, 나를 매일 보러 오겠다고 전세금을 빼서 중고차까지 산 친구였다. 착하고 열정적인 그 친구는 결정적으로 키가 작았다. 그와 길을 걸으면 몹시 창피했다. 사람들이 우리만 쳐다보는 것 같았다. 결국 매정하게 연락을 끊어버렸다. 살다보니 그까짓 키는 하나도 안 중요한데. 지금 같으면 다른 선택을 했을지도 모르겠다.

남편이 결혼 전에 단칸방에서 시작해야 할지도 모른다고 내게 말했다. 닭똥같은 눈물을 하염없이 흘렸다. 남들 안 부럽게 20평대 아파트에서 폼 나게 시작하고 싶었기 때문이다. 내가 남편이라면 이렇게 물었을 것 같다. '넌 나랑 결혼하는 거니, 아파트랑 결혼하는 거니.'

그렇게 나는 나의 기준, 나만의 뚜렷한 철학 없이 남들 시선을 신경 쓰고 사는 자존감 낮은 사람이었다.

남들이 나를 어떻게 생각하는가가 중요한 사람에게 강한 것이 인정욕구다. 남들로부터 인정받고 싶은 욕구. 잘한다, 대단하다, 멋지다, 예쁘다 같은 소리를 늘 듣고 싶었다. 남들로부터 이러한 칭찬을 들을 때 비로소 삶이 의미 있다고 느꼈으니까.

특히 우리 70, 80세대들은 좋은 대학을 가기 위해 학창시절엔 공부만 한 이들이 많다. 그렇게 대학을 졸업하고 교육제도의 틀에서 벗어나면 취업이나 결혼 따위와 같이 사회가 정한 또 다른 틀이 기다리고 있다. 근래에야 그 틀의 형태가 다양화되고 있어 다행이지만 아직도 사회가 규정하는 관념의 틀은 견고하다. 명절에 친인척이 모여 서로에게 묻는 질문들의 양상을 떠올려본다면 시대가 요구하는 프레임이 어떤 것인지 잘 알 수 있다. 가만히 보면 개인 내적인 성장에 대한 질문보다는 주로 외적인 성취요소인 경우가 많다. 어느 대학에 갔는지, 어느 회사에 들어갔는지, 어떤 남자와 결혼했는지, 집은 샀는지 등등.

나 역시 사회가 요구하는 틀에 나를 끼워 맞추며 살아왔다. 그 외적인 기준을 충족시키기 위해 안달복달했으며 수없는 좌절을 겪어야 했다. 삼십대 후반이 되어 지난날을 돌이켜 보면 낮은 자존감 탓에 늘 인정욕구에 목말라 했다. 남의 시선에 목숨을 걸었던 위태로운 나날이었다.

나와의 관계가 탄탄하지 못하면 남과의 관계가 결코 탄탄해질 수 없다. 내가 나를 사랑하는 게 먼저고 내가 나를 인정해 주는 것이 일순위다. 잔잔한 물에 물 한방울이 떨어지면 물방울이 수면에 닿은 곳으로부터 동심원이 주변으로 퍼져나가는 것을 볼 수 있다. 그 중심이 바로 나다. 내가 나를 사랑하는 힘이 있어야 남을 진정으로 사랑할 수 있다. 그것이 바로 나를 지키는 힘이다. 나의 기준 나의 철학이 내 삶을 살아가는 힘의 원천이다. 남의 기준대로 남이 원하는 대로 사는 것이 남의 삶이지 어찌 내 삶이 될 수 있겠는가. 나는 과연 누구의 삶을 살고 있는지 생각해 보아야 한다.

최근 서점에 가보면 베스트셀러들은 대부분 '나'에 대한 이야기가 많다. 나답게 살기로 했다든가 세상이 요구하는 대로 살기 보다는 조금 힘을 빼고 살아도 괜찮다는 내용의 주제들이 많다. 내 밖의 기준대로 살다보니 지쳐가는 개인들이 많기 때문이다. 세상이 원하는 대로 소위 '빡세게' 살아 버티기보다는 내가 진정으로 원하는 것이 무엇인가에 대해 한 템포 쉬어가며 생각해보자는 취지다.

맞는 말이다. 이제부터라도 나는 내가 원하는 대로 살고 있는지 반문해보자. 당신은 당신의 삶을 살고 있는가? 당신을 살게 하는 힘, 당신을 지키는 힘은 무엇인가?

누구를 위함인가,
배려

"배려란? 친구가 손 씻을 때 기다려 주는 거예요."

아이가 어린이집에서 가져온 그 주의 주제 카드에 직힌 말이다. 두 아이에게 물어보았다.

> 나: 너희는 배려가 뭐라고 생각하니?
>
> 큰아이: 힘든 사람에게 자리를 양보하는 거.
>
> 작은아이: 지나갈 때 다리가 두 개 다 아픈 사람 안아드리는 거. 또 있어. 친구가 먹을 거가 없을 때 내 거 반 잘라서 나눠 먹는 거야.

네댓 살 아이의 심리발달 테스트 중에 상대방의 입장을 헤아릴 줄 아는지 알아보는 실험이 있다. 아이에게 수저통 안에 수저 대신 사탕을 넣게 한다. 사탕이 담긴 수저통을 친구에게 주면 친구가 그 안에 무엇이 들어있다고 생각할까,라고 묻는다. 아직 상대방의 관점을 헤아릴 줄 모르는 네 살 아이는 친구가 사탕이 들어있다고 대답할 거라 이야기한다.

배려는 짝 배配와 생각할 려慮가 합쳐진 말로 짝처럼 생각한다는 의미이다. 주로 타인을 이해하고 살피는 마음을 말한다. 남의 입장에서 생각하고 행동하는 '역지사지'와 비슷하다고 하겠다. 하지만 남의 입장이라는 것도 결국은 내 생각이라는 데에 함정이 있다. 열 길 물속은 알아도 한 길 사람 속은 모른다고 했다. 내가 '저 사람 마음이 이러이러할 거야'라고 헤아려 그를 위해 어떤 행동을 취하지만 그것이 진정 그의 입장에서 도움이 될지 안 될지는 미지수라는 거다.

나는 남의 부탁을 거절 못하는 성격이다. 내 딴에는 그를 배려한다는 차원이다. 거절을 하면 그이가 상처받을 것 같아, 내가 손해를 볼지언정 냉정하게 자르지를 못한다. 어릴 때 나 좋다는 남자에게 싫다는 말을 차마 하지 못했다. 오죽하면 친구들이 바람기 있다고 어장 관리한다고 놀렸을까. 싫으면 싫다고 똑 부러지게 말을 하는 게 그들에게 훨씬 도움이 될 터였는데. 좋은 게 좋은 거라고 흐지부지 내버려두기 일쑤였다.

한번은 이런 일도 있었다. 미팅 때 만난 어떤 남학생이 끈질기게 연락을 해왔는데 싫다고 말을 못했다. 하는 수 없이 연락을 받아주었는데 그 친구와의 통화가 끝난 직후였다. 친한 친구에게 보내려고 했던 "○○한테 또 연락왔어. 짜증나."라는 문자를 그만 그 남자에게 보낸 것이다! 내 딴에 그를 배려한답시고 한 행동이 결국은 그에게 돌이킬 수 없는 상처를 주고 말았다.

첫째 아이를 낳고 산후조리를 할 때 우리 집에 와서 도와주던 도

남을 위한다고 하는 배려라는 관계 코드 역시 기
준에 따라 달라질 수 있다. 나에게는 배려 가득
한 행동이 누군가에게는 아닐 수도 있다는 말이
다. 결국 받아들이는 상대방의 입장을 온전히 헤
아린 배려가 진정한 배려가 될 수 있다.

우미 이모가 있었다. 둘째 아이 낳고도 와서 집안일을 도와주었으니 몇 년을 알고 지낸 사이였다. 우리 엄마랑 나이도 같았고, 나를 딸처럼 마음으로 대해 주어서 허물없이 지냈다. 어느 날 그 이모가 형편이 너무 어렵다며 돈을 십만 원, 이십만 원 빌려달라고 했다. 어렵다는데 덜 어려운 형편인 내가 매정하게 거절할 수가 없어 몇 번이고 빌려주었다. 그 분과는 참혹하게 끝이 났다. 그 이모는 결국 우리 집 패물에 손을 대 형사사건으로까지 번지고 말았다. 냉정해보여도 차라리 처음부터 선을 그었다면 그런 일이 없었을 텐데. 내 선의는 결국 독이 되어 버린 것이다.

남을 배려한다고 내 마음을 돌보지 않으면 배려가 스트레스가 된다. 철저히 남만을 위해 하는 행동의 선택은 내게 독이 된다. 남을 위한다는 의도에 보상심리가 담겨 있다면 더욱 그렇다. 내가 너에게 이런 배려를 하니 너도 나에게 주는 게 있겠지 하는 기대를 하게 된다. 기대에 못 미치면 실망을 하고 내가 들인 시간과 노력의 공이 아깝게 느껴진다. 애초에 순수한 배려가 아니었던 거다.

일어나는 모든 일은 가치중립적이다. 다만 그 일을 경험하는 자의 판단에 따라 손익 혹은 호불호가 결정된다고 볼 수 있다. 가령 내가 누군가를 위해 어떤 행동을 했다. 내 입장에서는 그 사람을 위해서 했으니까 선행이다. 하지만 그 사람에게는 안 좋은 결과가 될 수도 있다. 그런 경우는 그이가 나의 선한 의도를 알아주기만 해도 다행이다.

배려를 하려거든 내 마음이 편한 선에서 해야 한다. 마음이 불편하거나 내가 손해를 보면서까지 남을 위하는 마음은 오래가지 못한다. 처음에는 참아도 계속되면 상대방을 원망하는 마음이 생기게 되어 있다. 그런 경우 안 하느니만 못하다.

남을 위한다고 하는 배려라는 관계 코드 역시 기준에 따라 달라질 수 있다. 나에게는 배려 가득한 행동이 누군가에게는 아닐 수도 있다는 말이다. 결국 받아들이는 상대방의 입장을 온전히 헤아린 배려가 진정한 배려가 될 수 있다. 남에게 선물을 살 때 대개는 자기가 좋아하는 물건을 고르는 경우가 많다. 예를 들어 내가 책을 좋아하니 지인들에게 책을 선물할 때가 많았다. 내가 좋아한다는 기준으로 나를 만족시킨 선물이 그들에게 감동으로 다가갔을까 의문이 들기 시작했다. 그래서 요즘은 책 선물도 조심스럽다. 상대방이 어떤 걸 받으면 좋아할까 더 깊이 고민하게 되었다. 나는 누구를 위한 배려를 하고 있는가 생각하는 요즘이다.

구속의 반대말,
자유

　자유란 인간이 스스로의 삶을 결정할 수 있는 권리이다. 하늘로부터 부여받았다 하여 '천부인권'이라 하며, 우리나라 헌법에서도 국민의 자유를 위해 기본권으로 보장하고 있다. 헌법 제12조 신체의 자유부터 거주, 직업, 사생활, 양심, 종교, 언론, 그리고 제 22조 학문과 예술의 자유까지를 자유권적 기본권이라고 한다. 17세기 존로크는 인간이 신의 본성이 표현된 자연권 세 가지를 가지고 태어났다고 했다. 생명권, 자유권, 행복추구권이다. 우리는 이처럼 국가로부터 자유롭게 살 권리를 보장받고 있다. 좀 더 미시적으로 우리는 과연 자유로운 삶을 살고 있는가 생각해 보자.

　남녀가 연애를 시작하면 암묵적 동의하에 서로에 대한 구속이 용인되는 경우가 많다. 가령 남자의 경우, 여자친구가 남자가 많은 모임에 간다든가, 소위 남사친남자사람친구을 만나는 것을 꺼리게 된다. 반대의 경우도 마찬가지다. 서로의 핸드폰을 검열하기도 하고 각자의 인간관계까지 모두 간섭하는 '관리모드'로 돌입한다. 프라이버시는 연인 사이에 용납하기 힘든 개념이 되어버린다. 그야말로 서로의 모든 것을 공유하게 된다. 사랑을 하면 연인에 대한 모든 것을 알고 싶은 본능이 꿈틀대기 때문이다. 사랑하는 이를 온전히 소유하고 싶어한다. 상대방의 비밀을 모두 알아야 그를 소유했다고 느낀다. 연인이든 부부든 이러한 탐정놀이는 관계가 지속되는 한 계속된다. 초반에야 상대방의 관심이고 애정이라고 웃어넘길 수 있지만 이것이 지나치면 갑갑하게 느껴지기 마련이다. 이것이 지나치면 집착이고 구속이 되어버린다.

대학시절 남자친구의 핸드폰을 습관적으로 검사하곤 했다. 어느 날 남자친구가 어떤 여자동창이랑 주고받은 문자를 발견했다. 지금 생각해보면 그냥 성별이 여자인 친구였을 뿐인데 그땐 바람이라도 핀 듯 불같이 화를 냈다. 당장 전화번호 지우고 연락을 끊으라고 길길이 날뛰었다. 남녀 사이에는 친구가 있을 수 없다며 서로를 구속하는 것이 당연한 줄 알았다. 남자친구는 나에게도 똑같이 했고, 나 역시 남자친구 이외의 남자사람친구와는 관계가 다 끊어졌다.

최근에 라디오 공익광고에서 나오는 연인 사이에 주고받는 대화를 들었다.

"이런 옷 입지 말라 했지? 남들이 보는 게 싫단 말이야."

"내가 그 모임 나가지 말라 했지?"

"오늘 누구랑 연락했어? 핸드폰 줘봐."

마무리로 나오는 멘트는 다음과 같다.

"데이트 폭력, 강요와 통제에서 시작합니다. 상대방이 원하지 않는 사랑은 폭력입니다."

광고대로라면 나 역시 데이트 폭력을 행사한 셈이었다.

결혼 전에 남편이 회사일로 여직원 열댓 명과 회식자리에 참석해야 할 일이 있었다. 그가 다른 여자들과 술 마시며 회포를 푼다는 것이 그 당시 나로서는 도저히 용납이 힘들었다. 그에게는 꽤나 중요한 자리였는데도 나는 연신 전화해서 화내고, 가기만 하라는 둥 문자로 협박을 했다. 내 성깔을 아는 남편은 결국 그 자리에 가지 못했다. 그 일은 지금까지도 끈질기게 나의 족쇄가 되고 있다. 남편은 내가 어느 모임에 나가려고만 하면 그때 그 일을 들먹이곤 한다. 결혼 후에도 나는 남편을 구속하곤 했다. 밤늦게 들어오면 바가지를 긁어댔고, 아이가 태어난 이후에는 내 몸이 힘들어 정도가 더 심했다.

'따로 또 같이'라는 말을 과거에는 이해하지 못했다. 깊은 관계인 이상 상대방의 모든 것을 알 권리가 있다고 생각했고, 모든 것을 공유하는 것이 당연하다고 믿었다. 서로의 개인적인 공간이 필요하다는 사실을 정말 몰랐다. 사랑은 함께 같은 곳을 바라보는 것이라고 한다. 넓은 곳을 함께 바라보며 함께 성장해 나가는 건설적인 관계가 될 수 있기 때문이다. 반면에 서로 마주보고 서로의 세상만을 본다면 시야가 좁아지고 서로에게 갇힐 수 있다. 나의 세상과 상대방 세상의 다른 점을 인정하고 배워나갈 수 있는 관계가 이상적이다.

자유의 반대말은 억압 또는 구속이다. 상대방을 구속하는 사랑은 진정한 사랑이 될 수 없다. 역설적으로 들릴 수 있지만 서로의 자유를 위한 사랑을 추구해야 한다. 우리는 사랑과 결혼이 어느 정도 구속의 속성을 가지는 것을 자연스럽게 받아들이지만, 서로의 마지막 공간만은 남겨둘 필요가 있다. 상대방을 소유하고 정복하려고 하면 서로에게 괴로움을 줄 뿐이다.

독일의 철학자 마틴 부버M.Buber는 관계의 방식을 '나-그것I-it'과 '나-너I-thou' 두 가지로 보았다. 나와 그것의 방식은 상대방을 하나의 인격이 아닌 상품 혹은 사물로 대하는 것이다. 소유의 관계로, 다른 것으로 대체 가능하다. 나와 너의 방식은 상대방의 인격을 존중하며 존재와 존재의 관계이며 만남이다.

《그리스인 조르바》의 조르바는 자유분방하고 생동감 넘치는 영혼이다. 그를 보며 삶이 이렇게나 뜨겁고 자유로울 수 있구나 하고 신선한 충격을 느꼈다. 그에 반해 나는 책의 화자처럼 '먹물을 뒤집어쓴 인간'이었다. 살아있지만 살아있지 않은 것 같은 느낌. 사람에게 있어 진정한 의미로 살아있음이 어떠한 것인지, 진정 자유로운 인간이란 어떤 모습인지 조르바를 통해 볼 수 있었다.

자유가 필요함을 깨닫고 난 이후부터 남편에게도 개인 시간을 많이 가지라고 권유한다. 그럴 때마다 남편이 하는 말이 있다. 노예로 오래 살다보면 막상 자유가 주어지면 도망 못 간다고. 우스갯소리지만 촌철살인이다. 새를 오랫동안 새장에 넣어두면 나는 법을 잊어버린다고 한다. 사람도 다르지 않다. 날기 위해 태어난 존재인데 각종 제도, 관습, 교육, 나에 대한 불신 따위의 둥지에 갇혀 있다. 심지어 내가 날 수 있다는 사실조차 모르고 산다. 내가 날 수 있다는 사실을 깨달은 이후로 나는 새장 밖을 기웃거리는 중이다. 날기 위해 날개를 퍼덕거리고 있다.

　연인관계든 부부관계든 한 관계가 오래되면 가끔은 홀로 있을 때를 갈망하게 된다. 그러다가 홀로 있게 되면 외로움을 느끼고 다시 관계 맺기를 갈망한다. '홀로 있음'과 '관계 맺기' 이 두 가지는 상반되는 듯이 보이지만 동시에 존재할 수 있다. 사랑 안에서 얼마든지 자유로울 수 있다. 상대방을 구속하지 않고 서로를 자유로운 존재로 존중하면 된다. 인간은 자유롭기 위해 태어났다. 매순간 순간이 자유의지에 의한 선택의 연속이다. 관계 안에서도 자유롭기를 얼마든지 선택할 수 있다. 서로가 자유로운 존재임을 인정하고 존중할 때 진실된 나와 너의 관계로 성장해 나갈 수 있다. 당신은 어떤 관계를 선택하겠는가?

> 인간에게서 모든 것을 빼앗아 가도 단 한 가지는 빼앗을 수 없다. 인간의 마지막 자유, 즉 어떤 상황에서든 자신의 태도를 선택할 자유, 자신의 방식을 선택할 자유가 그것이다.
>
> – 오그 만디노

아슬아슬 줄타기,
균형Balance

음양, 안과 밖, 여자와 남자, 밤과 낮… 삼라만상은 자연스러운 균형을 바탕으로 이루어져 있다. 균형감, 영어로는 밸런스Balance. 우리는 알게 모르게 밸런스를 유지하려고 애를 쓰며 살아가고 있다. 음식영양, 신체, 인간관계 모든 영역에서 밸런스를 추구한다. 어느 한쪽이 우세하면 균형은 깨지고 만다.

커피를 구성하는 맛의 스펙트럼은 다양하다. 신맛, 쓴맛, 단맛, 짠맛 모두 난다. 이 중 어느 하나가 다소 강하다면 그것이 그 커피의 특징이 된다. 어느 한 가지 맛이 다소 강하고 약할 수는 있지만 그 가운데에 오묘한 균형을 유지해야 조화로운 커피 맛을 음미할 수 있다. 음식을 할 때도 여러 가지 맛의 균형을 유지하기 위해 조미료를 사용한다. 예를 들어, 짠맛이 너무 강할 때는 설탕으로 단맛을 가미해 염도를 조절한다.

영양 밸런스도 중요하다. 어느 한 영양소가 결핍되면 질병을 유발하기 때문이다. 몸의 수분 밸런스를 유지하기 위해 땀이 배출되기도 하고, 갈증을 통해 물을 섭취하게 된다. 인슐린은 혈당 유지를 위해 매우 중요한 역할을 한다. 몸을 구성하는 각기 요소들의 균형을 위해 신체기관은 한순간도 멈추지 않고 기능하고 있다. 부모가 편식하는 아이들에게 잔소리할 수밖에 없는 이유이기도 하다.

필라테스에서는 특히 전상장골극ASIS의 정렬을 강조한다. 전상장골극은 신체 전면부 양쪽 골반뼈의 가장 튀어나온 부분을 지칭하는데, 골반이 틀어졌는지 여부를 가장 잘 볼 수 있는 부위다. 나도 요가 동작을 지도할 때 골반의 균형을 강조하는 편이다. 가령 오른발이 앞에 위치하고 왼발이 뒤로 가는 동작을 할 경우, 왼쪽 골반이 뒤로 빠져 전체적인 몸의 균형이 무너지기 쉽다. 그럴 때 뒤로 돌아간 왼쪽 골반을 앞으로 밀 수 있게 지도한다. 균형이 무너진 상태에서 근육을 쓰게 되면 요가의 효과를 제대로 볼 수 없기 때문이다. 오른손잡이들의 오른팔이나 오른발이 왼쪽보다 조금 길다거나 양쪽 근육의 모양이 다른 것도 같은 이유다. 인바디 측정을 해봐도 오른쪽 왼쪽 신체 균형이 다르게 측정된다.

자세가 장기간 삐뚤어지면 척추가 휘거나 골반이 비틀어진다. 상체가 하체에 비해 비대하면 무릎에 무리가 오고 다리가 휘기도 한다. 기어다니던 아기가 서서 걷기 시작할 때에는, 자기 몸의 균형을 찾아가는, 생애에 가장 큰 시도 중 하나인 것이다. 몸의 상하좌우 균형은 이렇듯 중요하다.

요가에서 '암밸런스arm-balance'로 분류되는 동작들이 있다. 팔을 이용해 온몸의 균형을 유지하는 동작을 말한다. 물구나무서기, 두 팔에 접은 두 무릎을 얹어 버티는 까마귀자세 같은 동작들이 있다. 암밸런스에서 가장 중요한 점은 온몸의 균형이다. 땅을 지지하는 부위는 손이고 팔의 근력만이 중요한 듯 보이지만 신체 각 부위의 어느 부분이라도 균형이 깨지면 넘어지고 만다. 복부를 비롯한 코어core힘, 허벅지 힘이 모두 필요하며, 이들 힘이 서로 균형을 맞춰 조화를 이루어야 동작이 완성된다.

요즘은 '워라밸워크 라이프 밸런스, work-life balance'이라고 해서 일과 삶 사이의 균형도 직장인들 사이에 화두다. 밤 늦게까지 야근하고 직장 일에만 얽매이다 보니 삶의 균형이 깨져 고통을 호소하는 이들이 많다. 최근 한 여론조사에서 열 명 중 일곱 명의 직장인들이 연봉보다 워라밸을 중시한다고 답했다. 하지만 실제 삶에서는 9.5%만이 워라밸에 가까운 삶을 산다고 한다. 일과 생활의 균형 정도는 삶의 질을 좌우한다. 이 두 가지는 상호보완적인 관계이기 때문에 균형이 깨지면 삶의 만족도가 떨어질 수밖에 없다.

국가 사이에도 힘의 균형이 깨어지면 전쟁이 일어난다. 국제관계의 세력균형을 위해 총칼을 든 전쟁뿐 아니라 무역전쟁, 외교전쟁이 지금도 벌어지고 있다.

나아가 사람과 사람 사이의 인간관계도 마찬가지다. 연인들의 밀당밀고 당기기도 관계의 균형을 위한 몸부림이다. 어느 한쪽의 영향력이 우세하다면, 거부감 없이 순종하는 경우를 제외하고는 빼앗긴 기세를 되찾기 위해 다른 한쪽은 어떤 형태로든 반응하게 되어 있다. '기브 앤드 테이크give and take'의 논리는 여기서도 꽤 유용하다. 인간관계에서 힘의 균형은 관계의 양상과 유지에 결정적인 역할을 한다. 신혼부부들이 결혼 초반에 기선제압을 하겠다고 팽팽한 세력다툼을 하기도 하는 것은 그런 이유에서다. 세력의 주도권을 잡기 위해. 《사피엔스》의 저자 유발하라리는 특히 '마음의 균형mental balance'이

일과 생활의 균형 정도는 삶의 질을 좌우한다. 이 두 가지는 상호보
완적인 관계이기 때문에 균형이 깨지면 삶의 만족도가 떨어질 수
밖에 없다.

AI시대에 가장 필요한 인간의 자질이라고 말한 바 있다. 그는 나이가 들어서도 마음이 경직되지 않고 유연하게 변화에 적응할 수 있는 균형 있는 마음상태를 강조했다. 자신과 타인의 감정을 잘 다스릴 수 있는 감정지능이 인간관계에 있어 결정적이다.

관계 심리학에 '경계선boundary'이라는 개념이 있다. 나와 타인간의 적정한 거리를 설정해야 건강한 관계가 성립된다는 것이다. 특히 부모와 자식과의 관계에서 서로 경계선을 침범하는 경우가 많다. '헬리콥터맘'이나 '마마보이'와 같은 문제도 경계선을 넘기에 발생한다. 결혼한 딸의 살림에 관여하는 친정엄마, 결혼한 아들부부에게 주말마다 오라는 부모, 성인이 된 자식의 일거수일투족에 관여하는 부모, 아직 어린 자식의 미래를 위한다는 명분으로 자의적으로 스케줄을 짜는 부모 등 사례는 수없이 많다. 요즘은 특히 부모 도움을 받고자 친정집 옆에 신혼살림을 마련하는 부부가 많은데 경계선이 무너질 가능성이 농후하다.

스무 살이 되어 대학교에 입학하면서 집을 나와 친구와 살게 되었다. 갑자기 딸을 내보낸 우리 엄마는 불안한 마음에 하루에도 몇 번씩 딸에게 전화를 했다. 돌이켜보니 건강한 경계선 설정이 필요했던 것 같다. 지금은 엄마와의 관계뿐 아니라, 어떤 관계에도 거리가 필요하다는 사실을 인지하고 경계선을 넘지 않으려 한다.

이처럼 삶을 구성하는 모든 요소들 간의 역학관계에서 균형에 대해 사유하는 시간을 가질 필요가 있다.

《조선이 사랑한 문장》의 저자는 중용을 두고 매사에 '알맞게' 대응하는 것이라고 했다. 불의를 보며 용기를 내는 것도 '알맞음'이요, 내힘으로 바꿀 수 없는 상황에서 다음을 기약하며 힘을 비축하는 것 역시 '알맞음'이라고 말한다. 치우치지 않는 중용의 덕과도 일맥상통하는 균형의 성질은 거의 모든 삶의 문제에 대입해도 답을 구할 수 있을 것이다.

CHAPTER

3

자연과
함께

별이 쏟아지던 날
우주를 만나다

별이 있는 밤은 누구에게나 낭만을 불러일으킨다. 빈센트 반 고흐의 명화 〈별이 빛나는 밤〉이 세기를 지나 사랑받는 이유다.

내가 기억하는 별에 대한 최초의 추억은 어릴 때 외갓집에서였다. 우리 외갓집은 강원도 영월의 시골마을이다. 여름방학이 되면 외갓집에 친척들이 다 모여 하루 이틀 밤씩 함께 지내곤 했다.

밤이면 앞 개울에 텐트 치고 모닥불을 피우고 고기도 구워먹고, 노래자랑도 했다. 기와집이었던 외가는 내가 초등학생 무렵 신식주택으로 개조를 했다. 집 옆의 계단을 통해 2층으로 올라가면 장독대가 있는 시멘트 지붕이었다.

어떤 날은 2층 지붕마당에 돗자리를 펴고 어른들은 술자리를, 아이들은 옥수수나 주전부리를 먹으며 뛰어 놀았다. 시멘트 바닥에 누우면 채 식지 않은 뜨뜻한 한여름 낮의 열기가 등을 통해 전해졌다. 시골의 밤은 불빛이 거의 없어 별이 더 잘 보였다. 별똥별을 보겠다고 까만 하늘을 뚫어지게 바라보곤 했다. 별똥별은 쉽게 떨어지지 않았다. 내가 한눈판 사이 외사촌들이 "별똥별이다!"라 외치면 내가 놓친 그 별을 무척이나 아쉬워했다. 어린 시절의 별바라기는 마치 보물찾기를 하듯 설레는 기다림이었다.

별을 사랑했던 나는 한때 꿈이 천문학자였다. 도서관에서 별자리에 관련된 책을 빌려서 별자리에 대한 신화, 별자리 찾는 법, 계절별 별자리 따위를 익히곤 했다. 별을 잘 볼 수 있게 망원경을 갖고 싶었으나 차마 부모님께 말해본 적은 없었다.

지방 중소공업도시에 살아서 안타깝게도 우리 동네에서는 많은 별을 볼 수가 없었다. 만일 시골에 살았다면 이야기가 달라졌을지도 모르겠다.

도시의 아파트에 살았던 내게 별을 가장 가깝게 만날 수 있는 기회는 책이었다. 내 방의 창문은 뒷베란다로 이어져 있어서 하늘을 보기가 힘들었다. 당시의 소망 중 하나가 하늘이 보이는 창문이 있는 방에 사는 것이었다. 아무튼 별을 사랑한 덕분에 어른이 된 지금도 밤하늘에서 북두칠성과 북극성, 백조자리 따위를 찾곤 한다. 북두칠성의 국자모양의 방향이 바뀌는 것을 보고 계절의 변화를 실감하곤 했다. 우주의 운행은 나의 실존을 일깨웠다. 마르쿠스 아우렐리우스가《명상록》에서 별들의 운행을 관찰하여 우리 자신도 별들과 더불어 운행하라고 말한 이유가 아닐까.

대학생 때 이집트 사하라사막을 여행했다. 낮에는 지프를 타고 끝도 없이 펼쳐진 사막투어를 했고, 밤에는 사막 한가운데 자리를 펴고 잤다. 모랫바닥에 카펫 같은 것을 펴고 얇은 담요를 덮고 밤하늘을 지붕삼아 누웠다. 별이 이렇게나 많다는 사실을 그때 처음 알았다. 까만 색지에 흰가루를 뿌린 듯 빼곡하고 빽빽하게 펼쳐진 별들의 향연이라니! 은하수를 처음 보았다.

은빛 가루들 사이에 더 진하고 두꺼운 벨트가 가로로 펼쳐져 있었다. 처음 보았지만 저게 은하수구나 하는 것을 직감적으로 알았다. 시야에 보이는 별이 열 개 남짓 셀 수 있는 서울의 하늘만 보다가 쏟아질 듯 수십만 개의 별들을 마주하니 그 감동이란! 사람은 특히 처음 보는 것에 경이로움과 감동을 느끼기 마련이다. 가만히 누워서 바라보니 2초, 3초마다 시야에 별똥별이 보였다. 주욱 선을 긋는 별똥별들이 여기저기 떨어졌다. 연신 감탄하며 잠을 쉽게 청할 수가 없었다. 잠 드는 것이 몹시나 아까운 밤이었다.

도심에서는 많은 불빛 때문에 별을 쉽게 볼 수가 없다. 요즘은 미세먼지까지 더해 특히나 밤하늘이 안타깝다. 그래도 아직은 강원도 산골에 가면 별이 가득한 하늘을 볼 수 있다. 여름 외가모임이 영월이나 단양, 제천에서 매년 있다. 그날이 1년에 한번 별을 마음껏 볼 수 있는 날이다. 날씨가 맑기를 얼마나 바라는지 모른다. 재작년 여름, 단양의 산골 펜션에서 축복받은 밤을 맞이했다. 은하수까지 보이진 않았지만 그날도 별들이 얼굴로 쏟아지는 듯했다. 하염없이 고개가 아프도록 올려다보고 또 보았다.

별빛이 내 눈에 닿기까지 수억 광년이 걸린다. 내가 보고 있는 저 별빛은 결국 수억광년 전의 빛이란 얘기다. 잘 실감이 나지 않는 그러한 이론을 떠올리면 상상하기 힘들 만큼 광활한 우주의 신비에 빠져들 수밖에 없다. 우주 앞에 인간의 존재와 시간에 대해서 자연스럽

내가 지금 바라보고 있는 저 별빛이 10억 광년 전에 출발해서 지금
이 순간 나에게 닿고 있는 빛임에 한번쯤은 경이로움을 느낄 수 있
었으면 좋겠다.

게 숙연해진다. 지구의 시간을 24시간이라고 했을때 인류의 역사가 해당하는 시간이 23시 58분정도라고 한다. 아등바등 닥친 현실에 살아가고 있는 우리가 우주 앞에 얼마나 찰나일 뿐인지 생각하게 한다.

별과 우주에 관심이 많다 보니 한때 블랙홀에 빠져 있기도 했다. 블랙홀에 대해 쉽게 풀어쓴 만화책을 읽으며 내 수준에서 이해할 수 있는 만큼만 이해했다. 내셔널지오그래픽을 구독하며 얕게나마 지적 호기심을 충족시켰다. 이해가 되지 않는 내용이 대부분이었지만 신비한 우주의 사진을 보는 것만으로도 황홀했다. 어렸어도 워낙 뉴턴의 중력 패러다임에 익숙해진 탓에 시공간이 휜다는 아인슈타인식 패러다임이 쉽게 받아들여지지 않았다. 상대성이론으로 대표되는 아인슈타인식 패러다임은 몇 년 전 중력파가 관측적으로 증명되면서 사실상 이론의 완성에 이르렀다. 물체가 가속운동을 하면 주변의 시공간이 휘어지면서 중력에 의한 시공간의 파동이 생긴다고 한다. 쉽게 말해 시공간의 장이 출렁이면서 물결처럼 사방으로 퍼져나간다. 이것이 중력파인데 워낙 미세해서 지난 100년간 관측 장비가 미비해 검출을 못하고 있었다. 이 중력파가 최근 포착되면서 마지막 남은 일반상대성이론의 예측이 완성된 것이다. 과학계에서 중력파의 발견은 중력파 시대를 여는 시공간 혁명의 태동인 셈이다.

우리는 이제 영화에서나 봐 왔던 타임슬립이 실제로 가능해질지도 모르는 시대에 살고 있다. 하지만 아직도 많은 이들이 뉴턴의 중력법칙에 익숙해져 있다. 계속해서 미지의 우주에 대한 다양한 우주

론이 발표되고 검증도 되고 있지만 여전히 우리는 100년 전의 패러다임 속에 살고 있다. 여러 가지의 패러다임이 공존하는 세상이다. 어떤 믿음을 선택할 것인지는 개인의 몫이지만 적어도 과거에 갇혀 있지는 않았으면 좋겠다.

우주의 나이가 138억년 정도라고 한다. 끝도 알 수 없는 광활한 우주 공간에서 왜 하필 우리 은하의 지구행성에서 2000년대를 살고 있는지 한번쯤은 생각해 보았으면 좋겠다. 내가 지금 바라보고 있는 저 별빛이 10억 광년 전에 출발해서 지금 이 순간 나에게 닿고 있는 빛임에 한번쯤은 경이로움을 느낄 수 있었으면 좋겠다. 이 거대한 우주의 역사 속에서 우리는 어떤 존재로 자리매김하고 있는 걸까.

비 오는 날
추억을 만나다

아침에 일어나니 창문 유리창으로 물방울이 송송 맺혀 있다. 덧칠된 빗방울에 물방울이 합쳐져 주르륵 아래로 선을 타고 흘러내린다. 누구에게나 비 오는 날이면 소환되는 추억이 있다. 노래 가사처럼 비가 오면 생각나는 그 사람이라든가 어떤 장소나 특정 음악 따위가 생각나기도 한다.

초등학교 다니던 시절, 우리 집에서 학교까지는 내 걸음으로 20분쯤 걸렸다. 지금 계산해보니 1킬로미터 남짓 되는 멀지 않은 거리였는데 그때는 왜 그렇게 멀게 느껴졌는지. 당시엔 도로 포장이 되어 있지 않아 비만 오면 길에 물웅덩이가 군데군데 생겨났다. 흙탕물이 온 다리에 튀어 비 오는 날 바지자락은 늘 엉망이 되었다. 학교 바로 앞에 우리가 똥다리라고 부르던 하천 다리가 있었다. 평소에는 녹색 혹은 시커먼 똥물이 흘러 냄새가 났고, 비가 오면 벌건 흙탕물이 범람할 듯 빠른 속도로 다리 아래로 출렁거렸다. 그땐 그 물에 빠질까 어찌나 겁이 났던지. 지금은 복개하여 없어진 그 똥다리. 아침부터 비가 오면 그래도 우산이 있어 괜찮았다. 하굣길에 비가 오면 비를 고스란히 맞고 집에 가야 했다. 우리 엄마는 비가 온다고 절대 데리러 오는 법이 없었다. 엄마가 우산 갖고 데리러 오는 친구들이 참 부러웠다, 그때는.

비가 그친 길에는 물웅덩이가 여기저기 생겨났다. 요즘은 도로가 좋아 비가 와도 웅덩이 찾기가 힘든 것 같다. 웅덩이를 가만히 들여다보면 거기에 개인 하늘이 담겨 있다. 가장자리로 내 얼굴도 보인다. 가만히 응시하다 보면 꼭 깊이를 가늠할 수 없는 심연인 듯 빠져 들어갈까봐 문득 겁이 나기도 했다.

고1 때쯤이었나 보다. 학교에서 수업을 하고 있는데 비가 몹시 많이 와서 갑자기 귀가조치가 내려졌다. 우리는 스쿨버스를 타고 통학했는데 기사 아저씨가 더 이상 못 들어간다며 한참 멀리서 우리를 내려주는 거였다. 왜 그렇게 멀리서 내려야만 했는지 버스를 내려서 실감했다. 무릎까지 오는 물을 헤치며 걸어야 했다. 무릎까지 오던 물은 곧 허리까지 왔다. 교복치마가 다리에 감겨 앞으로 나아가기 힘들 지경이었다. 허리, 가슴까지 차오른 물을 헤치며 걸어야 해서 우산은 접은 지 오래였다. 깊은 물에 걷기가 힘들었고, 전깃줄이 여기저기 늘어져 있어 감전될까 겁이 나서 최대한 멀리 돌아서 가느라 평소 같으면 20분이면 되었을 거리를 40분도 넘게 걸었다. 마치 수영장에 온몸을 담근 듯 홀딱 젖어 겨우 집에 들어왔다. 텔레비전에서 홍수가 났을 때 보트타고 다니는 사람들, 바로 그 장면을 온몸으로 겪어봤다. 지금도 비가 많이 오면 그때가 생각나곤 한다.

남편이랑 연애하던 시절, 비가 올 때면 팔당댐으로 드라이브를 자주 갔다. 잿빛 흐린 하늘 아래 열린 수문으로 쏟아져 나오는 댐물을

웅덩이를 가만히 들여다보면 거기에 개인 하늘이 담겨 있다.
가장자리로 내 얼굴도 보인다. 가만히 응시하다 보면 꼭 깊이
를 가늠할 수 없는 심연인 듯 빠져 들어갈까봐 문득 겁이 나
기도 했다.

바라보노라면 가슴이 괜히 뻥 뚫린 듯 시원했다. 거대한 물줄기는 외경을 불러일으켰고 내 마음도 깨끗이 씻기는 것 같았다. 댐 근처의 자주 가던 까페 창가에 앉아 처마 아래 떨어지는 빗소리를 듣는 로맨스를 마음껏 즐기던 시절이었다.

방울방울져 내리는 빗방울의 향연도 감성적이지만 다양한 소리를 내는 빗소리 또한 비오는 날을 기다리게 한다. 똑똑 일정하게 떨어지는 빗방울 소리, 후두두두둑 하며 내리는 제법 많이 내리는 빗소리, 쏴아아아 하고 쏟아지는 여름날의 소나기 소리. 똑같은 소리는 단 하나도 없다. 빗방울이 어느 장소에 어떤 사물에 떨어지는가에 따라 전부 다른 소리를 낸다. 비 내리는 소리가 부침개 부칠 때 나는 기름 튀는 소리와 닮아 비만 오면 많은 이들이 전에 막걸리를 찾는다.

빗방울이 내는 소리는 명상에 잠기게 한다. 눈을 감고 빗소리를 듣고 있자면 마음이 고요해지는 경험을 할 수 있다. 실제로 빗소리는 명상음악으로 널리 활용되고 있기도 하다. 자연이 내는 소리는 명상음악의 오래된 테마이다. 비 내리는 날은 귀에 이어폰을 꽂지 않아도 고요함 속에 잠길 수 있는 최적의 환경이 될 수 있다. 자연으로 가는 문이 열린다.

큰 아이가 태어나기 전 마지막 한 달 동안 유난히 비가 많이 내렸다. 장마가 제법 긴 7월이었다. 정말이지 매일매일 비가 와서 대부분 집에 있었다. 얼룩지는 창문을 바라보며 클래식 음악을 틀어두고 소파에 누워 책을 보다 자다를 반복했다. 거의 한달 내내 비가 와서 막

달에 읽은 책의 양이 상당했다. 비 오는 날 독서의 깊은 매력에 빠지게 된 계기였다.

비 오는 날 재즈가 흐르는 까페에서 책을 읽어본 이라면 모두 공감할 것이다. 책의 내용은 둘째치더라도 그 순간 얼마나 감상적이고 행복에 젖을 수 있는지를. 내리는 비를 바라보느라 책에 집중을 못할 수도 있다. 책을 읽다가도 어느덧 눈이 창문을 향한다. 갖가지 색의 우산들이 잿빛의 대기에 생기를 입히고 있다. 책속의 세계에서 나와 비의 세계로 금방 빠져들게 된다. 어느덧 두 세계의 경계가 모호해져 책이 비가 되고 비가 책이 된다. 비 오는 날의 책장자락은 눅눅하다. 책장을 넘길 때 바삭거리는 대신, 습기를 머금어 무겁게 넘어간다. 빗소리를 들으며 책을 읽는 경험은 황홀하고 아름답다. 비 내리는 날, 당신은 어떤 추억이 떠오르는가? 빗소리에 지난날의 한 페이지라도 떠올릴 수 있는 당신은 분명 행복한 사람이다.

달이 내리비치는 밤에
산행을 하다

　누구에게나 첫 경험은 짜릿하고 설렌다. 내게는 달빛산행이 그랬다. 11월의 어느 겨울날, 독서모임의 친한 선생님과 달빛산행에 도전하기로 했다. 보름 다음날이었다. 보름달이 뜨는 밤은 가시거리가 100퍼센트라고 했다. 다행히 미세먼지도 없고 깨끗했지만 날씨가 살짝 흐린 듯 달이 구름 속에 숨었다 나왔다를 반복했다. 과연 잘 보일까 살짝 염려 하며 버스를 타고 구기동 입구에서 내렸다. 저녁 7시 30분쯤이었다. 보름 다음날이지만 여전히 달 모양은 동그랬다. 청명한 물소리를 들으며 구기동 계곡을 지나 주택가로 들어섰다. 인적은 드물었지만 가로등에 길이 훤했다. 다행히 구름은 점점 걷히고 달빛이 점점 선명해졌다.

　이윽고 승가사로 향하는 산길 입구에 다다랐다. 아무리 보름달 아래 가시거리가 완전히 확보된다고 하지만 손전등 없이 과연 산을 오를 수 있을까 싶었다. 의심과 불안에 배낭에 손전등을 챙겨왔다. 경험을 해본 자와 안 해본 자의 차이다. 무엇이든 겪어보지 않으면 아무리 설명해도 잘 믿으려 하지 않는 것이 인간의 습성이다. 머리로 안다는 것의 한계이기도 하다. 몸으로 경험해 보지 않은 지식은 진짜 내 것이 아니다. 달빛에만 의지해서 산을 오르는 것은 내게 있어 불안한 첫 경험이었다.

어느덧 보름달의 고도가 높아져 달이 길을 내리비추고 있었다. 손전등이나 핸드폰 불빛 하나 없는데도 신기하게 길이 보였다! 깜깜해서 아무것도 안 보일 것 같던 길은 내게 한걸음 한걸음을 허락하고 있었다. 가로등 아래처럼 선명하진 않지만 부연 시야가 꼭 꿈꾸는 듯 몽환적인 느낌을 주었다. 나와 밤과 달빛과 길의 경계가 흐려졌다. 내가 어둠인지 어둠이 나인지 모를 모호함으로 오롯이 달빛에만 의지해서 걸으니 내 몸의 모든 감각이 다 깨어나는 듯했다. 숲의 적막함은 오히려 모든 숲의 소리를 내어주었다. 발길에 부서지는 마른 나뭇잎과 나뭇가지소리, 바람소리, 심지어 달빛이 나뭇가지 사이로 부서지는 소리까지 들리는 듯했다.

우리가 얼마나 도시의 인공불빛에 의지하고 살고 있는지를 실감했다. 뒤를 돌아보니 도시의 불빛이 펼쳐져 있었다. 그 불빛에 익숙하다 보니 자연이 준 우리의 감각이 마비되어 퇴색되고 있지 않은가. 조금만 어두워도 핸드폰 손전등을 켜고, 길을 모를 때 타고난 동물적인 방향감각 대신 네비게이션을 켠다. 그러고 보면 옛날 사람들이 밤에 산을 넘다가 호랑이를 만난다는 것도 다 이런 산길에서였을 텐데. 다들 그렇게 밤에 달빛에 의지해서 산을 넘고 했을 텐데 우리는 큰일나는 줄 알고 산다. 문명에 익숙해지고 경험해 보지 못해서 그렇다.

오직 달빛에만 의존해서 40분가량을 올라 승가사에 도착했다. 절마당에도 불이 꺼져 있었고 멀리 위에 스님들이 머무르는 방에만 희미하게 불빛이 새어나왔다. 불상도 거대한 불탑도 침묵하고 있었다. 보름달 아래로 환상적인 서울 야경이 펼쳐졌다. 고요한 이곳과 화려한 저곳의 경계를, 달은 그저 말없이 비추고 있었다. 눈을 감으니 절의 기운이 강하게 느껴진다. 북한산의 정기가 타고 내려오는 산자락, 서울이 정면으로 내려다 보이는 좋은 곳에 절이 자리 잡고 있었다. 다음번에 올 때는 앉아서 명상을 하면 좋을 것 같다는 생각을 하며 도시의 야경을 하염없이 보고 또 보았다.

언제 달무리가 졌냐는 듯 휘영청 달 밝은 밤이었다. 밤공기는 차갑지만 경쾌하고 부드러웠다. 나뭇가지 사이사이로 달빛이 쏟아져 내려, 내려가는 길이 훨씬 잘 보였다. 달빛이 대지에 입을 맞추고 나무 그림자로 자신의 분신을 창조해냈다. 구기동 계곡의 맑고 청명한 물 소리까지 더해져 나는 달밤에 녹아버렸다.

> 밤중을 지난 무렵인지 죽은 듯이 고요한 속에서 짐승 같은 달의 숨소리가 손에 잡힐 듯이 들리며, 콩포기와 옥수수 잎새가 한층 달에 푸르게 젖었다. 산허리는 온통 메밀밭이어서 피기 시작한 꽃이 소금을 뿌린 듯이 흐붓한 달빛에 숨이 막힐 지경이다.

이효석의 《메밀꽃 필 무렵》에 나오는 유명한 구절이 절로 떠오르는 밤이었다.

그렇게 나의 달빛산행은 첫 경험이었고 깊은 인생교감이었다. 바람과 소리마저 침묵한 고요한 밤길은 달빛과 내가 하나됨을 느끼게 했다. 자연과 나는 분리되지 않은 하나였다.

우리는 경험해 보지 않은 것에 대해 함부로 말을 한다. 마치 다 해 본 것처럼, 아는 척을 한다. 경험하고 안 하고의 차이는 하늘과 땅 차이다. 달빛산행을 하기 전에는 '과연 앞이 보일까, 위험할 것 같다.'라고 속단했다. 해보고 나니 얼마든지 가능하다는 사실을 알았고 몸으로 느꼈다.

모든 경험은 하나의 아침, 그것을 통해 미지의 세계는 밝아 온다. 경험을 쌓아 올린 사람은 점쟁이보다 더 많은 것을 알고 있다. 경험이 쌓일수록 말수가 적어지고 슬기를 깨우칠수록 감정을 억제하는 법이다. 경험이 토대가 되지 않은 사색가의 교훈은 허무한 것이다.

지혜는 경험의 딸이다. 경험에 근거하지 않은 사색가의 교훈을 피하자. 이왕 겪을 일이라면 매도 먼저 맞는 편이 낫다. 인간의 경험은 자연의 모든 움직임이 필연성에 따르고 있다는 사실을, 그 지혜의 명령이 아니고서는 움직이지 않는다는 사실을 우리에게 가르쳐 준다. 경험을 바탕으로 지혜의 탑을 쌓아 가도록 하자.

- 레오나르도 다빈치

존 로크도 "어떠한 사람의 지식도 그 사람의 경험을 초월하는 것은 없다"고 말한 바 있다. 경험은 지식을 초월한다. 인생의 지혜란 몸으로 배운 교훈들로부터 나오는 것이다. 달빛이 내리비치는 밤, 달빛에만 의존해서 걸었던 경험으로 배웠다. 무엇이든 직접 해보고 느껴봐야 한다는 사실을. 해보지 않고 '그거 어때? 저거 어때?'라고 묻기만

하고 간만 보는 것은 경험에 대한 불손이고 부정이다. 직접 겪어보지 않고는 스스로 발전하기가 힘들다. 머리로만 경험하려고 하지 말고 반드시 '체험'하는 삶을 살자. 해보지 않으면 결단코 알 수 없는 것들이 인생 안에는 가득하다. 지금밖에 할 수 없는 새로운 경험들로 새로운 나를 경험해 보기를.

길을 걸으며
역사를 만나다

체력이 약해 움직이는 행위를 별로 좋아하지 않는다. 하여 걷는 것을 싫어했다. 아주 가까운 거리가 아닌 이상 주로 대중교통이나 차를 이용하며 살아왔다. 터무니없이 먼 거리 아닌 이상 주로 걸어 다니는 우리 엄마아빠를 이해하기 힘들었다. 헬스장이나 수영장에 가서 운동을 할지언정 따로 걷는 일은 거의 없었다. 걷기는 내게 있어 운동의 범주에 속하지 않았다.

어느 날, 독서모임에서 서울한양 도성걷기를 하자는 제안이 나왔다. 서울 한양도성은 동서남북의 사대문과 사대문 사이의 사소문을 중심으로 축성된 성곽이다. 총 길이가 약 18.2km 정도 되므로, 몇 회로 나누어 모두 걷기로 했다. 안 그래도 걷기 싫어하는 나는 어떻게든 피하고 싶었다. 다행스럽게도 아이들 스케줄과 안 맞아 첫 번째 모임에는 가지 않을 수 있었다. 당시 독서모임의 회장을 맡고 있어 계속 빠지기가 좀 곤란했다. 하는 수 없이 두 번째 걷기에는 울며 겨자 먹기로 참여하기로 했다.

그 날은 부암동의 창의문에서 혜화동의 혜화문까지 4.7km를 걷는 백악구간이었다. 유난히 하늘이 파랬던 10월 말의 어느 날이었다. 창

안개가 형언할 수 없는 신비로움과 경이로움을 자아냈다. 비오는 날
운무에 덮인 산을 거니는 신선 같다는 생각을 했다.

의문 앞에서 회원들과 모두 만났다. 창의문은 내가 사는 동네에 들어 오려면 반드시 지나야 하는 자하문터널 위쪽에 위치한 문이다. 이 동네로 이사 오면서 10년 가까이 지나다니면서도 별 관심이 없었고 올라가 본 적도 없었다. 동네 주민이 이렇게 더 무심해서 무안한 마음으로 창의문을 처음 지났다.

백악코스는 북악산을 넘는 코스다. 창의문에서 바로 급경사가 시작되었다. 가파른 경사의 계단길을 꽤 오랜 시간 올라야 했다. 회원들 중 나이가 제일 어린데다가 명색이 요가강사라 힘든 모습을 보이기가 창피했다. 정신없이 숨을 헐떡대며 터질 것 같은 허벅지를 질질 끌고 올라가다 쉬기를 반복하며 겨우겨우 올랐다. 꽤 오랜 구간이 계단경사라 자주 멈추고 쉬었는데 뒤를 돌아보니 그 절경에 입이 절로 벌어졌다.

북한산 단풍까지 어우러져 자연이 주는 색감에 경탄이 절로 새어나왔다. 실제로 이 구간이 전체 구간 순성길 중 경치가 으뜸으로 꼽힌다고 한다. 미세먼지 없이 파란 하늘 아래 산의 골짜기 골짜기를 그릇삼아 소복이 들어앉아 있는 수많은 집들. 자꾸만 뒤돌아보게 될 정도로 수려한 장관 덕분에 중간중간 땀을 식히며 포기하지 않고 오를 수 있었다. 한참을 올라 드디어 도성에서 제일 높은 백악마루에 다다랐다.

산 아래로 쭉 뻗은 세종로와 경복궁이 있고, 멀리는 63빌딩까지도 볼 수 있었다. 등산의 묘미는 정상에 올라 불어오는 바람을 맞을 때가 아닐까 싶다. 산꼭대기가 선사하는 선물에 고단함을 싹 떨칠 수 있었다. '다시 내려갈 걸 왜 올라가나'라며 등산하는 이들을 이해하기 힘들어 하던 나도 결국은 고개를 끄덕였다. 그들이 왜 그렇게 등산지팡이를 짚어가며 힘들게 오르는지를 조금은 알 것 같았다. 회원들과 도란도란 삶의 이야기들을 나누며 걸으며 북대문인 숙정문을 지나 혜화문까지 이르렀다.

이 구간은 복원이 잘 되어 있어 성곽의 끊김이 거의 없다. 돌의 크기와 모양이 다 달라 어느 시기에 축성되었는지도 공부할 수 있었다. 박정희 전 대통령이 썼다는 현판이야기, 소나무에 박혀 있는 총알무늬에 얽힌 1 · 21사태에 얽힌 이야기 같은 역사가 새로이 다가왔다.

3시간 30분 정도가 소요되었고, 초반 급경사 산행으로 다리가 얼얼한 듯 후달렸다. 혜화동 부근에서 점심으로 다 같이 순두부백반과 막걸리로 마무리했다. 그렇게 오랜 시간 걸어본 일이 십몇 년 전 한라산과 북한산 등반한 적 빼고는 처음이라 돌아오는 버스에서 기진맥진했다.

두 번째 모임이 11월 중순에 잡혔다. 이상하게 또 가고 싶었다. 분명히 체력적으로 힘들었는데 한번 해보니 걷기가 묘한 매력이 있었다. 함께 이야기하며 걸으니 순간의 힘듦이 무색했고 중간중간 듣는 역사이야기기 꽤 흥미로웠다. 학창시절 국사는 달달 외워야 하는 재미없는 과목이었는데. 내가 읽은 역사책은 국사책과 조선왕조실록이 유일했다. 그 시절 이렇게 직접 눈으로 보며 배웠다면 역사가 재미있는 과목이었을 텐데. 아이들에게 역사를 어찌 가르쳐야 할지를 절감했다.

두 번째 코스는 혜화문에서 동대문까지의 낙산구간, 장충체육관에서 백범광장에 이어지는 남산구간, 그리고 숭례문까지 거의 8.3km에

달하는 거리였다. 백악구간과는 달리 거의 도심 속 평지길이라 거리
는 길었어도 많이 힘들지는 않았다. 때로는 성곽 옆길을, 때로는 흔적
만 남아 끊어진 성곽길을 더듬어가며 옛 서울을 걸었다.

서울 산 지 20년이 되어가는데 아무 생각 없이 지나친 역사의 흔
적들이 너무나 많았다. 서울의 몽마르뜨 언덕이라 불린다는 낙산공원
에서는 동대문과 도심이 손에 잡힐 듯 멋지게 보였다. 동대문이 다른
대문들과 다른 이유, 엉터리로 복원된 수로, 광희문 바깥으로 시체를
내다버렸다는 이야기에 대한 흥미로운 설명을 들었다.

이날은 남산 계단 오르기가 가장 숨이 찼다. 산자락에 핀 보랏빛
이름 모를 열매의 색에 감탄했고, 남산 순환버스 지붕이 남산의 낙타
모양 두 능선을 본 뜬 것이라는 사실도 처음 알았다. 멀리 남쪽 서울
의 전경이 발 아래 펼쳐진 남산을 내려와 백범광장에서 독립의 역사
를 새롭게 배웠다.

세 번째 코스는 숭례문에서 서소문을 지나 돈의문 터를 지나 다
시 창의문으로 돌아오는 인왕산구간이었다. 이 날은 비가 와서 우산
을 쓰고 빗길을 밟았다. 남대문 현판이 세로인 이유가 불의 형상을
띤 남쪽 관악산의 화기를 막기 위함이라는 사실을 알게 되었다. 삼성
본관 옆에 성곽이 남아있는데 바로 이곳에서 결혼을 했고 자주 지나
다녔는데도 그 성곽을 처음 보았다! 관심의 유무가 이렇게 중요하다.

최초로 한글을 띄어쓰기했다는 독립신문사 터를 지나 비 내리는
정동길을 걸었다. 아관파천의 아픈 역사가 있는 러시아공사관과 홍
난파 집을 지났다. 1923년에 3.1운동을 세계에 알린 알버트 테일러
가 지은 집, 딜쿠샤에도 가보았다. 힌두어로 이상향, 기쁨이라는 딜쿠

샤. 나도 이렇게 이상향을 향해 한걸음씩 내딛고 있기에 벅찬 감동이 차올랐다. 인왕산을 올랐다. 비오는 날 운무에 덮인 산을 거니는 신선 같다는 생각을 했다.

성곽 위로 내려앉은 안개가 형언할 수 없는 신비로움과 경이로움을 자아냈다. 비 내리는 흙길 위를 내딛는 발걸음과 흙길이 내는 소리를 들으며 비 내음, 숲 내음을 맡으며 오감을 열고 인왕산을 느꼈다.

화창하게 맑은 날과는 전혀 다른 매력을 온몸으로 즐겼다. 안개 덮인 빌딩숲, 고요한 서울을 내려다 보았다. 약 5km의 거리를 3시간 조금 넘게 걸어 다시 처음 시작했던 창의문으로 돌아왔다.

이렇게 서울 한양도성걷기를 3회에 걸쳐 한 바퀴를 돌았다. 걷기라면 질색이던 내가 새로운 미션을 완료한 뿌듯함은 이루 말할 수 없었다. 누군가에겐 일상이고 당연한 걷기가 나에겐 도전해야 할 대상이었다. 걷기라는 새로운 도전을 통해 역사를 배웠다. 걷기의 매력을 알게 되었다. 세상에는 아직도 배워야 할 것들도, 도전해야 할 것들도 너무나 많다. 그래서 사람은 죽을 때까지 배워야 한다고 하나보다. 내가 도전해볼 새로운 배움은 또 어떤 게 있을까 가만 생각해 본다.

태양이 뜨고 지는 날에
삶과 죽음을 생각하다

태어나고 자란 곳이 포항이라 어릴 때부터 새해 벽두면 부모님을 따라 동해 일출을 보아왔다. 그 당시 내게 해맞이란 추위 죽겠어도 그냥 부모님이 가자니까 따라가서 보는 연중행사에 불과했다. 아빠가 바다가 잘 보이는 곳에 차를 세워두면 차 뒷자리에 앉아 덜덜 떨며 언제 뜨나 시계만 보고 있었다. 그러다 태양이 솟아오르면 해가 뜨나 보다 하고 그저 감흥 없이 봤던 기억이 있다.

포항을 떠난 지 거의 20년이 다 되어간다. 서울에 사는 동안 일출을 본 적이 한 번도 없었다. 그러던 어느 날 인왕산으로 서울의 일출을 보러가기로 했다. 걷는 것이 더 이상 두렵지 않았기에 이 새로운 도전이 그저 설레었다. 어떤 경험을 하게 될지 궁금했다. 12월 초라 해가 7시 반쯤 뜨기 때문에 새벽에 준비를 서둘렀다. 일요일 5시에 일어나 아이들 아침으로 주먹밥을 만들어두었다. 6시에 집을 나서서 버스를 탔다. 부암동에 내려 인왕산을 오르기 시작했다. 달빛도 없이 사방이 깜깜해서 랜턴을 켜고 천천히 움직였다.

아, 서울의 야경! 도시는 아직 잠들어 있었지만 네온사인만큼은 화려하게 밤을 밝히고 있었다. 까만 하늘에는 샛별 하나만 떠있다. 산을 얼마 오르지 않아 동쪽하늘 지평선으로 붉으스름한 빛이 보이기 시작했다. 산을 오르다가도 몇 번이나 뒤돌아 지평선을 바라보았다. 얼른 정상에 올라가서 숨어있는 태양이 만들어내는 빛의 향연을 오롯이 눈에 담고 싶었다.

인왕산 340미터 정상에 드디어 올라 동쪽하늘에 시선을 고정했다. 지평선 바로 위에는 진한 붉은빛이, 그 위로 주황빛, 노란빛, 옅은 녹색, 푸른색이 경계없는 무지갯빛을 만들어냈다. 처음에 하늘의 일부분만을 밝히더니 이윽고 동쪽하늘 전체로 빛이 퍼지면서 지평선 전체가 밝아지기 시작했다.

하늘과 땅의 경계부분의 장밋빛이 점점 더 진해지며 하늘의 짙은 남색이 점점 옅어졌다. 도시의 불빛도 사라지기 시작했다. 아니, 태양빛에 인공불빛이 퇴색한 건지도 모르겠다. 그날은 유난히 추웠다. 옷을 몇 겹이나 껴입었지만 영하 12도의 강추위를 이길 수는 없었다. 양말을 한 켤레만 신은 것은 실수였다. 발이 꽁꽁 얼어 감각이 없어졌다. 손발이 꽁꽁 언다는 말은 이런 때를 두고 한 말이구나 하고 체감했다. 몸의 감각이 사라지는 와중에도 태양을 기다리는 감각은 더 예민해졌다.

드디어 태양 꼭대기의 빛 한줄기가 세상에 모습을 드러냈다. 그 순간의 전율이란! 만물을 비추고 길러내는 태양을 처음 마주하듯 경외감을 느꼈다. 태양 에너지를 온몸으로 받아들이기 위해 호흡을 했다.

내 정수리로부터 그 에너지를 받아들여 땅으로 내려보냈다. 하늘과 땅의 가운데에 사람이 있다. 천지인天地人. 하늘에 있는 태양으로부터의 생명의 에너지가 사람인 나를 통해 어머니 지구로 흘러간다. 태

내일의 태양은 내일의 태양이다. 다음 생은 다음 생일 뿐이고 지금
생애에, 오늘, 지금 이 순간에 내 삶의 목적을 생각하고 살았으면 좋
겠다. 나는 어떤 빛을 발하기 위해 이 세상에 왔을까?

양에너지를 온몸으로 받아들일 수 있었다. 세상은 금방 밝아졌다. 해가 뜨기까지의 시간은 더디지만 뜬 이후에는 금방 솟아오른다.

크리스마스를 며칠 앞둔 겨울 어느 날 인왕산 일몰도 보러 가기로 했다. 옛날에는 동지 다음날을 새해로 인식했다고 한다. 가기로 한날은 옛날로 치면 새해였다. 산속에는 해가 일찍 진다. 뒤돌아보면 마을 뒷산으로 해 그림자가 어른거리고 아직도 밝은데 산속은 해가 가려 좀 더 어둡다. 인왕산 정상에 올라 붉게 물든 서쪽 하늘을 응시했다.

동쪽 세상은 이미 하나둘 불빛이 들어오기 시작한다. 지평선 위로 낮게 드리운 구름 위로 서서히 자취를 감추더니 선명한 둥근 모양의 태양이 구름 아래로 내려왔다. 지평선으로 태양 아래 부분이 가려지다가 옅은 빛의 태양이 금방 내려가 버렸다.

해가 지자마자 인왕산 성곽에는 불이 들어왔다. 도시의 밤도 깨어나기 시작한다. 해가 넘어간 뒤의 서쪽 하늘에는 또다시 경이로움이 지평선 위로 펼쳐졌다. 지평선을 따라 길게 이어진 붉은 계열의 빛이 하늘로 올라갈수록 푸른빛으로 바뀌는 마법. 서쪽 하늘은 거대한 무지갯빛을 담은 도화지였다. 서쪽 하늘은 붉으스름한데 비해 동쪽 하늘은 이미 어둡다. 같은 지붕 아래 두 개의 세상이 공존하고 있었다.

내친 김에 월출도 보기로 했다. 40분동안 달이 언제 뜨나 동쪽하늘을 뚫어지게 보고 있으니 어느 지점에서 갑자기 붉은 점이 태어났다! 꼭 태양이 뜨는 것처럼 붉은 점은 이내 둥근 모양을 드러내며 밤의 하늘을 장악하기 시작했다.

붉은빛은 점점 빛을 발해 휘영청 밝은 보름달이 되었다. 낮의 태양이 서쪽으로 물러나니 또 다른 태양이 동쪽에서 떠오르는 장엄한 자연의 질서였다.

태양의 뜨고 짐, 태양이 물러나니 다시 떠오르는 달. 같은 하늘 아래 삶과 죽음이 공존하고 있다. 뜨는 태양은 언젠가 진다. 삶과 죽음은 자고 깨는 것처럼 습자지 한 장정도의 차이일 뿐인지도 모른다. 삶 속에 녹아 있지만 알아차리고 살지 않는다. 꼭 맞는 짝처럼 분리될 수 없는 사이인데 인간은 죽음에 대해 본능적인 두려움을 갖고 있다. 죽음은 삶의 다른 말이며 삶의 신성함을 간직한 그림자다.

죽음은 다정한 연인처럼, 나를 데리러 와 내가 일을 마칠 때까지 구석에서 끈기 있게 기다려주는 친구처럼 그렇게 내 삶 속으로 들어왔다. 이런 식으로 죽음의 다정한 의미를 이해하자 마음이 차분해졌다. 머리를 아찔하게 하는 향수처럼 죽음이 우리 삶 속에 살며시 스며들 때가 있다. 혼자 있을 때, 하늘 높이 둥근 달이 떠 있을 때, 깊은 침묵이 감돌 때, 그리고 우리 몸을 깨끗이 씻고 난 뒤 가뿐한 상태로 영혼에게 아무런 방해를 받지 않고 잠을 청할 때, 그럴 때면 삶과 죽음의 장벽이 짧은 순간이나마 투명해져서 우리는 장벽 건너 쪽에서, 대지 밑에서 무슨 일이 일어나는지 볼 수 있다.

－ 니코스 카잔자키스, 《그리스인 조르바》, 김욱동 옮김, 민음사,

2018, 540쪽

사람은 누구나 태어나고 죽는다. 하늘 아래 단 하나의 진실이 있다면 사람이 언젠가 죽는다는 사실이다. 이것이 자연의 섭리이고 질서

이다. 너무나 당연해서 우리는 그 사실을 삶 속에서 잊고 살아간다.

두려움으로 점철되어 등 돌리고 외면하기 보다는 그림자처럼 기다려주는 다정한 친구인 양 대했으면 좋겠다. 늘 가까이 죽음을 염두에 두고 삶을 대한다면 삶은 반짝반짝 빛이 난다.

태양이 떠 있는 동안 온몸으로 빛을 발하듯 우리의 삶도 그러해야 한다. 만물을 비추어 생명 에너지를 전하는 것이 태양의 몫이듯, 우리도 한 생애동안 부여받은 역할이 있을 테다.

누구나 담고 있는 빛의 색깔이 있다. 세상이 붉은 빛이 제일 좋다 더라 하니 너도 나도 붉은 빛의 삶을 좇아서 산다. 자기 안에 어떤 색깔의 빛이 있는지도 모른 채 붉은 흉내만 내고 살다간다. 내일의 태양은 내일의 태양이다. 다음 생은 다음 생일 뿐이고 지금 생애에, 오늘, 지금 이 순간에 내 삶의 목적을 생각하고 살았으면 좋겠다. 나는 어떤 빛을 발하기 위해 이 세상에 왔을까?

CHAPTER

4

감정을
만나다

화나는 날

아이를 낳고 키우면서 내가 화가 많은 사람이라는 사실을 처음 알게 되었다. 사회생활하면서 일이나 인간관계에서 짜증나고 화날 일이 단 한 번도 없었을까마는 그 정도 화내는 일은 일반적이리라. 나 정도면 원만한 성격이라고까지 생각했다. 어릴 때 네 살 어린 동생과 투닥거리며 화낸 일, 커서는 친한 친구랑 몇 번 해본 말다툼, 이십대에 남자친구에게 화낸 일 정도가 생각이 난다. 회사 다니며 사회생활 할 때는 화가 나도 참아야 했고, 성인이 되어서는 끓어오르는 화를 주체 못할 정도로 감정이 격해진 적이 크게 없었던 것 같다.

감정이 잔잔한 호수 같은 사람이라는 착각이 무너진 것은 결혼 후 첫 부부싸움을 할 때였다. 물론 연애시절에도 싸우긴 했지만 결혼 후 함께 살면서 부딪치는 문제는 경험해 보지 못한 새로운 영역이었다.

신혼여행을 다녀와 며칠 되지 않았을 때, 남편이 원래 살던 동네에서 친구를 만나 술을 마셨다. 시간이 좀 늦어지자 부모님집에서 자고 오겠다고 했다. 지금 같으면 택시비 쓰느니 차라리 자고 오라고 했을 것이다. 사실 결혼생활 10년차인 요즘은 없는 게 편할 때도 많다. 하지만 그때는 결혼하자마자 외박을 하겠다는 그 태도가 몹시 거슬려 피가 위로 쏠리는 것 같았다. 화를 참지 못하고 폭발시켰고, 기선제압 차원에서 끝까지 고집을 부려 결국 집에 들어오게 만들었다.

남편과의 다툼은 그래도 양호한 편이었다. 껌딱지처럼 달고 다녀야 하는 아이가 없던 때는 사실 화를 낼 일이 그 정도로 많지는 않았다. 그런 착각은 육아를 하면서 처참히 부서졌다. 내 한 몸은 나의 의지대로, 내가 마음 먹은 대로, 내가 계획한 대로 살아갈 수 있다. 하지만 내 몸에서 나온 이 생명체는 도저히 내 뜻대로 되는 법이 없었다. 약속시간에 맞추려면 지금 나가야 하는데 하필 그때 똥을 싼다든가, 심통이 나서 바닥에서 뒹굴며 떼를 쓴다. 바닥에 우유를 쏟고 책을 찢는다. 인사를 하라 해도 들은 척도 안 하고, 뭐만 얘기해도 "싫어" 소리를 달고 산다.

인간으로서 최소한의 자유의지를 영위하며 살아가고 싶은 나의 존엄성이 '엄마'라는 타이틀을 달면서 위협받는다고까지 느꼈다. 나는 나의 자유의지가 있고, 아이는 아이의 자유의지가 있다. 아이의 자유의지를 존중해 주어야 한다고들 한다.

하지만 아이가 어릴수록 두 자유의지의 충돌은 피하기가 힘들다. 아이가 말을 안 들을 때마다 나는 화를 내고 소리를 질렀다. 하루에도 몇 번씩 아이에게 짜증을 내고 성질을 냈다. 그런 내 모습에 또 화가 나고 자괴감이 들기 일쑤였다. 내가 그 정도밖에 안 되는 인격의 소유자라는 생각에 자존감도 바닥을 쳤다. 화내는 엄마의 모습에 길들여지는 아이들을 보며 아차 싶어 화 안 내는 방법, 소리 안 지르고 아들 키우는 방법, 가까운 사람들과 잘 지내는 방법을 다룬 책들을 찾아 읽었지만, 읽을 때뿐이었고 다시 감정의 포로가 되고 마는 과정을 반복했다.

첫 책을 쓰면서 묵은 감정들을 비워내기 시작했다. 부정적 감정이 일어났던 나의 이야기를 담담히 꺼내어 써내려간 것이 나름의 정화작용을 했던 것 같다. 글을 통해 내 안의 감정을 끄집어내어 그 감정들을 바라보았다.

아이를 키우면서 나의 자아가 많이 억눌렸구나.
잃어버린 내 모습에 안타까웠구나.
나는 계획대로 잘 안 되면 화가 나는 사람이구나.
내 말이 존중받지 못한다는 느낌이 들면 소리지르고 싶구나.

내 감정을 마주하다 보니 나 자신이 어떤 사람인지도 알게 되었다. 오스카 와일드는 이런 말을 남겼다.

> 산다는 것은 세상에서 가장 드문 일이다. 대대수의 사람들은 그저 존재할 따름이다.
>
> To live is the rarest thing in the world. Most people exist, that is all.

아이들 뒤치닥거리하며 날마다의 생활에 치이다 보니 그저 존재하기에만 급급했다. 나의 감정을, 나 자신을 돌아보지 않다 보니 속에 쌓인 부정적인 감정이 짜증과 화로 밀려나왔나 보다. 해묵은 감정을 털어내고 나니 화는 절로 줄어들었다.

내가 감정조절이 용이해진 또 하나의 이유가 있다. 바로 감정을 나와 동일시하지 않는 연습이다. 우리는 보통 시간, 공간, 생각, 감정, 감각, 그리고 관계를 통해 스스로를 인식하고 자신의 존재를 확인한다. 내가 화가 난다고 느끼지, 나와는 별개인 화라는 감정이 일어난다고 인식하지 않는 것이 일반적이다. 엄밀히 따져보면 희노애락의 감정 자체가 나 자신은 아니다. 아침에 화났었던 나 자신과 저녁에 행복한 나 자신이 다른 사람이 아니다. 감정은 하루에도 수십 번씩 변하는데 '감정=나'라고 인식한다면 진짜 나는 누구란 말인가.

아이들이 서로 싸우고 난리를 치면 짜증이 나고 화의 감정이 일어나기 시작한다. 바로 그때 그 감정에 나를 몰입시키지 않고 감정으로부터 나 자신을 분리시킨다. '음, 화가 나기 시작하는구나.' 하고 감정을 바라본다. 감정을 하나의 대상으로 인식하면 다시 가라앉히기도 훨씬 용이하다. 감정을 가라앉히고 나서 아이들에게 차분하고 엄하게 할 말을 한다. 이 연습을 하다 보니까 이제는 화 자체가 잘 나지 않는다. 약간은 무심해졌다고 느낄 정도로 아이들에게 화를 내지 않을 수 있게 되었다. 상황 자체를 객관적으로 바라볼 수 있게 되었다. 사람인지라 화를 전혀 내지 않는 것은 아니지만 걸핏하면 화내며 소리 지르던 과거에 비하면 놀라운 변화가 아닐 수 없다.

엄마가 포비처럼 화 안 내고 친절했으면 좋겠다고 말하던 큰아이는 요즘 내게 그런다. 다시 엄마가 화 좀 냈으면 좋겠다고. 그냥 예전처럼 화 내는 엄마였으면 좋겠다고 한다. 나의 변화가 아직은 생소한 모양이다. 아무튼 나의 화를 온몸으로 받아내야 했던 아들이 나를 화 안 내는 엄마로 인정해 주니 요즘은 마음이 한결 편안하다.

부정적인 감정을 무미건조하게 대하고 삶에서 배제시키고 살아보라. 자연스레 좋은 감정이 차지하는 비율이 커진다. 행복한 감정을 더 많이 누리며 살 수 있다. 'Emotion감정은 Energy in motion행동에 담긴 기운'이라고 한다. 나의 행동에 어떤 기운을 불어넣느냐의 문제는 나에게 달렸다. 나의 감정은 내가 선택하고 살 수 있다는 말이다. 물론 화를 아예 안 내고 살 수는 없다. 살다보면 화나는 일이 얼마나 많은가. 하지만 화의 감정과 나를 동일하다고 여기지 않는 인식만으로도 나 자신을 지킬 수 있다. 최소한 나를 화 잘 내는 못난 사람이라는 생각은 하지 않아도 된다. 감정을 바라보고 나로부터 분리시키는 연습, 속는 셈치고 모두들 한번 해보았으면 좋겠다.

외로운 날

이십대 시절, 외국에서 영어 공부할 때의 일이다. 당시 나는 되도록 한국인 친구들과 어울리지 않으려고 의식적으로 노력을 했다. 주로 외국인 친구들과 소통하고 함께 지냈다. 하지만 시간이 흐를수록 타지에서 외롭게 공부하던 여대생에게 한국 친구들의 커뮤니티가 주는 의미가 커졌다. 그나마 가깝게 지내던 몇 안 되는 한국인 친구들이 있었다. 그 중에 한 오빠랑 어느 날 의견충돌이 일어났다. 무슨 일이었는지 자세히는 기억이 안 나는데 내가 그 오빠의 자존심을 건드리는 말을 했던 것 같다. 나의 말실수로 인해 그 오빠는 이후로 눈도 안 마주치고 말도 안 건넸다.

세월의 굳은살이 어느 정도 배인 지금의 나였다면 약간 신경은 쓰여도 흥 그러든가 말든가 하며 지낼 수 있었을 테지만, 당시의 나는 마음이 유약한 스물세 살의 대학생이었다. 그와의 냉랭한 관계는 불편함을 넘어 내 존재를 위협하는 정도였나 보다. 그걸 견딜 수가 없어 마음을 담아 사과의 말도 해 보고, 편지도 써보았지만 굳게 닫힌 그의 마음은 열리지 않았다. 지금 생각하면 '그게 뭐라고' 하며 피식 웃을 수 있지만 그 때 나는 무척 슬펐고 상처를 많이 받았다. 누군가가 나를 싫어한다는 사실 역시 용납할 수 없었다. '미움받을 용기'가 나에겐 없었다. 어쨌든 그런 나의 눈물겨운 노력 끝에 한두 달쯤 지나 관계가 개선되기는 했지만 십 년도 넘게 흐른 지금도 그 사건이 생각나는 걸 보면 당시엔 어지간히 힘들었나 보다.

늘 남자친구가 있었다. 옆에 늘 누군가가 있어야 외롭지 않다고 생각했다. 혼자 있는 시간이 견디기 힘들어, 혼자 밥을 먹을 때면 내 신세가 처량하다고 느껴져 눈물이 났다. 놀 때건 공부할 때건 늘 친구와 함께했다. 어느 그룹에서 소외라도 될까 내키지 않아도 끼려고 항상 노력했다. 늘 누군가와 함께했지만 근본적인 외로움을 충족시킬 수는 없었다.

누군가 나를 싫어한다는 것을 좋아하는 이가 어디 있을까마는, 나는 유난히 그걸 용납할 수가 없는 사람이었다. 모두가 나를 좋아해야 한다고 생각했고, 행여나 나를 탐탁히 여기지 않는다고 느끼면 오히려 그 사람에게 다가가서 '나 이렇게 괜찮은 사람이야'라는 것을 어필하려고 했다. 남이 나를 어떻게 생각하는지에 촉각이 곤두서 있었다고 해도 과언이 아니다. 어디선가 나에 대한 험담을 들으면 온몸이 떨리고 하루 종일 그것만 생각했다. 상대방이 나를 안 좋게 생각할까 봐 싫은 부탁도 거절을 잘 하지 못했다.

내가 나를 인정하는 것이 아니라 남이 나를 인정해주길 바랐고, 타인과의 관계가 곧 나의 자존감이었다. 지금이야 누가 나를 싫어해도 할 수 없다고 생각하고 큰 의미를 두지 않는 서른 후반이 되었지만 과거의 나는 그렇게 관계에 목숨을 거는 사람이었다. 내 존재감을 남과의 관계에서 찾으니 외로웠던 거였다.

비단 나만의 일은 아닐 것이다. 정도의 차이는 있지만 우리는 관계를 통해 자신의 존재감을 확인한다. 아이를 통해 스스로를 엄마라고 인식하고, 남편을 통해 아내라는 지위를 획득한다. 어느 심리학자는 개인의 행복도를 결정하는 가장 중요한 세 가지가 건강, 일, 그리고 인간관계라고 말하기도 한다.

인간관계는 우리 삶의 질을 좌우할 만큼 중요한 듯 보인다. 하지만 생각해보자. 아이가 있는 지금의 나와 아이를 낳기 전의 나는 다른 나인가? 결혼하기 전과 후의 나는 다른 나인가? 아니다. 아이가 있든 없든, 남편이 있든 없든 나는 나다. 관계를 통해 자신의 존재를 설명하는 것은 한계가 있다. 그것들은 내가 누구인지를 부연적으로 설명하는데 도움을 줄 뿐 그 자체로 내가 될 수는 없다.

다시 말해, 인간관계가 나의 자존감에 영향을 미칠 필요가 없다. 그러한 인간관계의 유무에 따라 외롭고 외롭지 않음을 느낀다면 내 존재감을 바깥의 관계로부터 찾는 형국이다. 나는 나 자체로 존재하면 된다. 그걸로 충분하다. 그렇다고 이기적인 유아독존이 되어서는 곤란하다. 남에게 피해를 주지 않는 범위에서 나로 존재하되, 남과의 관계는 나대로 최선을 다하며 매끄럽게 조절하며 살면 된다. 내가 상대방에게 해코지 한 일도 없는데 그이가 나를 싫어한다면 그건 그 사람의 몫이다.

내가 잘못한 것도 없는데 왜 그런가에 대해 억울해할 필요도 속상해할 필요도 사실 없다. 회사에서 업무를 처리하다가 고객에게 실수

나의 존재감을 외부로부터 확인하려 하지 말고
내 안에서 찾아야 한다. 나와의 관계가 먼저 충
족되어야 한다. 홀로 머무는 시간에도 마치 내
안의 누군가와 함께하듯이, 나와 친해지면 외로
움을 느낄 새가 없어진다.

를 했다고 치자. 그 고객이 "내가 누군지 알아?"라며 소리를 고래고래 지르며 나의 실수를 지적했다. 이때 대개는 자존심도 상하고 기분이 몹시 나쁘다. 하지만 그 사람의 언사가 나의 근간을 흔들 수는 없다. 그 사람은 내가 저지른 '실수'에 대해서 난리를 치는 거지, 나의 존재를 갖고 왈가왈부할 자격이 없기 때문이다. 나의 존재를 결정하는 이는 다름 아닌 나뿐이다. 남에게 그런 중요한 결정권을 줄 이유가 없다. 어느 심리학 책에서 "내가 누군지 알아?"라고 남에게 소리치는 사람은 자기도 자기가 누군지 모르기 때문에 남에게 묻는 것이라는 대목을 읽고 '아하' 깨달음을 얻은 적이 있다. 그 사람은 자신이 누군지도 모르는 가엾은 사람인 것이다.

나는 나로 먼저 서야 한다. 나의 존재에 대해 제대로 이해해야 한다. 그래야 외롭지 않다. 외롭다는 말의 사전적 의미는 '홀로 되거나 의지할 곳이 없어 쓸쓸하다'이다. 거꾸로 해석하면, 외롭지 않으려면 남에게 의지해야 한다는 말이다. 외로움은, 바꿔 말하면 독립적인 자아로 우뚝 서지 못한 미성숙한 모습을 포함하고 있다. 나의 존재감을 외부로부터 확인하려 하지 말고 내 안에서 찾아야 한다. 나와의 관계가 먼저 충족되어야 한다. 홀로 머무는 시간에도 마치 내 안의 누군가와 함께하듯이, 나와 친해지면 외로움을 느낄 새가 없어진다. 내가 느끼는 감정이 무엇인지 어디에서 비롯된 것인지 뜯어보고, 내 안에 떠오르는 생각들을 찬찬히 바라보면 내가 보인다. 그래야 나와 좀 더 친해질 수 있다.

어차피 인생은 혼자 왔다가 혼자 간다고 했다. 홀로 여정에 누군가와의 아름다운 관계를 통해 덜 외롭고 행복할 수 있다는 것은 보너스다. 관계는 나의 자존감을 갉아먹는 독이 될 수도 있지만 잘만 활용하면 큰 선물이 될 수도 있다. 혹시 외로움을 느끼는가? 그렇다면 이를 채우기 위해 밖으로만 시선을 돌리고 있지는 않은지 반문해 볼 일이다.

행복한 날

어릴 때는 어른이 되면 막연히 행복할 줄 알았다. 다만 행복한 어른이 되기까지 해야 할 것들이 많았다. 공부를 잘해서 선생님과 부모님으로부터 인정을 받아야 했다.

중학교 2학년 때였나 보다. 비평준화 지역에 살아서 중학교 2, 3학년이면 고등학교 입시를 준비했다. 매월 180문제 모의고사를 치렀다. 시험이 끝나고 나면 늘 스스로 모의채점을 하곤 했다. 시험이라는 게 알아도 실수로 틀리게 마련이라 몇 개씩 틀리는 건 아쉽지만 어쩔 수 없었다. 하지만 그날따라 빨간 동그라미가 계속 이어졌고 1문제 빼고 다 맞아서 179점으로 전교1등을 해버렸다! 그때의 가슴 벅찬 느낌이란! 믿어지지 않았고 얼른 집으로 돌아가고 싶었다. 엄마아빠가 얼마나 기뻐할지를 상상하니 견딜 수 없었다. 스스로의 성취에도 기뻤지만 부모님이 좋아하시는 것이 더 좋았던 것 같다. 당시 아빠가 잘했다며 뭔가 큰 선물을 해주셨는데 그게 뭐였는지는 기억이 나지 않는다.

어렸을 때 내게 행복이란 그냥 기분 좋은 상태 정도를 뜻했던 것 같다. 내게 기분 좋은 날은 성적이 잘 나온 날 정도였다. 시험을 잘 보면 기분이 좋았고 못 본 날은 몹시 우울했다. 중학교까지는 공부를 잘해서 좋은 고등학교에 입학을 했다. 내가 다녔던 고등학교는 다 나 같은 아이들이 모인 곳이라 그 중 공부를 잘하기가 쉽지 않았다. 고1 입학부터 고3 수능 때까지 전국 성적백분위가 1퍼센트씩 떨어졌다. 더이상 공부로 인정받을 수가 없으니 행복할 수가 없었다.

원하는 대학에 가지 못해 상처 난 자존심은 내 20대를 내내 괴롭혔다. 졸업을 앞두고 입사원서를 수십 군데 냈지만 다 거절당하면서 자존감은 바닥을 쳤다. 수없이 좌절을 겪다가 여기다 싶은 회사가 있었다. 서류심사에 통과하고 1차, 2차 면접에 목숨을 걸고 임했다. 그리고 합격했다. 그 순간이 그동안 살아온 인생에서 몇 안 되는 행복한 순간이었다. 그렇게도 들어가고 싶었던 회사에 꿈같이 합격하고나니 그 기분이야 오죽했으랴. 그렇게 원하던 곳에 입사했지만 그 행복은 오래가지 않았다. 회사생활의 고달픈 일상 속에서 처음의 행복은 빛을 잃었다.

내게 있어 행복이란 성취감이었던 것 같다. 목표로 하는 것을 해낸 뿌듯한 기분, 주위로부터의 인정이 내 행복의 조건이었다.

목표를 이루고 나면 행복감은 퇴색했다. 데이비드 홉킨스 박사가 그의 저서 《호모 스피리투스》에서 흔히들 행복은 원하는 무언가를 얻었을 때 생겨난다고 믿지만, 실제로 잘 들여다보면 자기 안에 있는 내재적인 능력을 자극했을 뿐이라고 말한 것과 일맥상통한다. 나는 행복을 외부의 어떤 조건을 쟁취해야 느낄 수 있다는 왜곡된 관점을 갖고 있었다.

행복이란 무엇인가? 이 진부한 질문에 대해 각자 생각하는 행복의 정의에 대해서 잠시만 생각해보자. 다들 인생의 목표가 행복이라고 하는데 행복에 대한 답은 사람마다 다르다. 좋은 직업, 돈, 건강, 좋은 배우자 따위를 행복의 조건으로 흔히들 꼽는다. 각자 목표를 정해두고 그 목표를 향해, 행복을 향해 내달린다. 그것만 있으면, 그렇게만 되면 정말 행복할 거라는 착각을 하고 산다. 원하는 그것이 당장 내게 없으니 행복할 수가 없다. 행복이란 내게 없는 그것이기 때문이다.

행복에 꼭 조건이 필요할까라는 의문이 생겼다. 내게 없는 것이 행복의 조건이라면, 나는 미래의 어느 날의 행복만을 기다려야 했다. 항상 행복을 느낄 수는 없을까. 힘겹게 쟁취해야 하는 행복 말고 지금 당장 느낄 수 있는 행복이 필요했다. 지금 가진 것에 행복을 느낄 수 있으면 되는 것이었다. 언제든 행복을 느낄 수 있는 마음가짐이 결국 행복의 충분조건이었다.

책이 꽉 들어찬 도서관의 묵직한 공기를 마시며 서가에서 책 한 권을 고를 때. 재즈가 흘러나오는 까페에서 책 한 줄 읽을 때. 아이들이 저들만의 세상에서 웃고 떠드는 것을 지켜볼 때. 그래픽처럼 파란 하늘 아래 노을이 지고 홀로 떠있는 초승달을 발견했을 때. 한 시간 열심히 운동하고 나서 나올 때 온몸의 근육이 다 이완되어 시원한 느낌이 날 때. 밖은 추운데 따뜻한 이불 속에서 꼼지락거릴 때. 맛있는 음식을 먹으며 입이 황홀할 때. 예전에 읽었던 책을 다시 읽으니 그 의미가 새롭게 다가와 나의 성장을 목격할 때. 아이들이 아침에 일어나 내게 입맞춤할 때, 매미처럼 내게 찰싹 달라붙어 안기는 아이의 말캉한 엉덩이를 만질 때. 콜드플레이의 음악을 켜두고 빨래를 갤 때. 하늘에 하얗고 예쁜 구름을 올려다볼 때. 아무도 깨지 않은 새벽에 홀로 일어나 책을 읽고 글을 쓸 때. 아이들이 엄마 예쁘다고 말해줄 때. 자연의 장엄한 광경을 목격할 때. 오랜만에 보고 싶었던 사람을 만나는 순간. 오늘 하루도 최선을 다했다고 느끼며 잠자리에 드는 순간. 도서관에서 읽고 싶은 책을 한가득 빌려 에코백에 넣고 나오는 순간. 9년동안 행운목을 기르는 동안 행운목 꽃이 두 번이나 피었을 때. 나는 이럴 때 무한한 기쁨과 행복을 느낀다.

파랑새를 찾아 멀리 떠날 필요가 없었다. 우리는 행복은 가까이에 있다는 사실을 이미 알고 있다. 다만 가까운 행복을 느껴볼 새가 없었을 뿐이다. 사는 게 바쁘고 일상의 패턴에 매몰되다 보니 순간의 행복을 놓치고 산다. 어쩌면 큰 근심 걱정 없이 잘 흘러가는 지금의 일상이 행복일 수도 있다. 그 사실을 새삼 깨닫고 감사할 줄 알면 그것이 행복이다. 매일 감사일기를 쓰고 있다. 매일 반복되는 일상이지만 그 속에서 감사할 거리를 억지로라도 찾다보니 나는 행복한 사람임이 명확해졌다. 다음은 어제 쓴 감사일기다.

하루 종일 쉴 수 있는 여유에 감사합니다.
나의 말과 행동을 돌아볼 수 있어서 감사합니다.
밖은 추운데 따뜻한 집이 있어 감사합니다.
몸의 자연치유능력에 감사합니다.
글을 쓸 수 있어 감사합니다.
가족 모두의 건강함에 감사합니다.
치킨이 먹고 싶다는 아들의 말에 바로 사 먹일 수 있는 경제적 여유에 감사합니다.

아껴주는 이들의 마음과 사랑에 감사합니다.

이 모든 것들에 감사를.

감사가 행복을 불러일으킨다. 사랑과 감사는 가장 높은 파동의 에너지라고 한다. 행복 에너지인 셈이다. 감사하고 사랑하는 사람이 행복한 사람이다. '소확행'이라는 말이 근래 유행하고 있다. 작지만 확실한 행복의 줄임말이다. 매일 반복되는 작고 소소한 일상 속에서 내가 '확실히' 느끼는 행복의 순간은 분명히 존재한다. 순간이 모여 오늘이 된다. 부디 당신이 오늘 행복했으면 좋겠다.

열정적인 날

여름의 밤바닷가에서 빠질 수 없는 것은 무엇일까? 사랑하는 이와 함께하는 맥주 한 캔도 좋다. 철썩이는 파도소리도 왠지 낮보다 더 낭만적이다. 밤바다에서 빠지지 않고 등장하는 것은 이러한 고요함을 깨는 불꽃놀이이다. '피유우우웅 펑' 하고 터지는 불꽃놀이의 소리는 바다 바로 앞에 위치한 우리 숙소에서도 잘 보였고 소리 또한 매우 크게 들렸다. 저녁 무렵이면 어김없이 등장하는 그 소리에 아이들은 환호했다. 펑 소리에 맞추어 덩달아 '우와' 하며 소리를 질러대는 아이들이었다.

바다에 나가보면 20대로 보이는 젊은이들이 삼삼오오 모여 불꽃막대를 모래밭에 꽂아두거나 막대를 손에 들고 밤하늘을 향해 쏘고 있었다. 바다인지 하늘인지 분간이 힘들게 펼쳐진 짙은 남색의 허공으로 쏘아 올려진 불꽃은 일직선으로 나아가다가 어느 지점에 멈추어 노란 빛가루를 사방으로 뿌리며 흩어지고 만다. 쏘아졌다가 흩뿌려지고 사라지기를 반복하는 불꽃을 바라보고 있자면 저절로 삼매경이다.

어느덧 화려한 시간이 끝나고 그 공간을 채우는 것은 자욱한 연기

뿐이다. 행복감과 감탄으로 채워졌던 환희와 열정의 순간은 끝났다는 아쉬움으로 변모한다.

화려한 무대가 끝나고 나서 아무도 없는 무대는 허무하다. 열정이 사그라든 후의 축 늘어짐이랄까. 조금 전의 뜨거웠던 여운은 마치 아무 일도 없었다는 듯 텅 빈 객석의 차가운 공기와 섞여 서서히 식어간다.

야외의 밤 공간에서 모닥불을 바라본 적이 있는가. 장작이 충분히 달구어질 때까지 시간이 걸리지만 일단 발동이 제대로 걸린 불은 주위의 모든 것을 집어삼킬 듯이 활활 타오른다. 좀 약해진다 싶으면 다른 숯이나 마른 종이를 넣어주면 다시 잘 탄다. 불은 서서히 약해지고 가까이 가기 힘들었던 열기는 은은한 따스함이 되어 주위에 고루 퍼진다.

20~30대의 젊은 날을 열정의 시기로 비유하기도 한다. 젊음의 열정이 지나가 버렸다고 한탄하는 이들이 있지만 그럴 필요가 없다. 텅 빈 무대는 다음 무대를 준비하기 위해 필요하기 때문이다. 모닥불이 사그라질 것 같으면 장작을 조금 더 넣어주면 다시 타오를 수 있다. 영원히 정열적일 수는 없다. 물결처럼 상하곡선을 그리며 완급조절을 해야 오래갈 수 있다. 우리네 인생은 하루만 살고 가는 하루살이가 아니기 때문이다.

연인 사이도 그렇다. 처음에 나누던 사랑의 열기는 시간이 흐르면서 다른 형태로 변하기 마련인데, 늘 처음처럼 정열적이기만 한 관계

라면 쉽게 지칠 수 있다. 지금의 남편과도 연애 초반에는 참 열정적
이었다. 남자친구에게 걱정을 털어놓았다.

"지금은 이렇게 뜨겁게 사랑하지만 이것도 언젠가는 변할 거잖아.
그러면 무척 슬플 것 같아."

남자친구는 이렇게 말했다.

"사랑은 변하지 않아. 단지 사랑의 형태만 조금씩 달라질 뿐."

영화 〈봄날은 간다〉는 "사랑이 어떻게 변하니."라는 명대사를 남겼
다. 수많은 연인들이 변모해 가는 사랑의 형태를 받아들이지 못해 헤
어지고 만다. 늘 처음 같은 열정이 지속되리라 믿기 때문에 비극이 발
생하는지도 모른다. 열정뿐인 사랑만을 했다면 지금 같은 결혼생활을
해 나갈 수 있었을까 싶다. 양은냄비 같은 사랑이건 뚝배기 같은 사
랑이건 모두 사랑이다. 사랑의 여러 모습을 다 겪어봐야 진짜 사랑이
뭔지 조금은 알 수 있지 않을까.

《겐샤이》라는 책에 보면 열정의 어원에 대한 설명이 나온다. 열정
은passion은 12세기 기독교 학자들이 만든 단어로, 원래 '고통받다'라
는 뜻을 가지고 있다고 한다. 그리하여 예수 그리스도가 기꺼이 받아
들인 고난을 의미한다.

책에 나오는 아서 교수는 열정이란 순수하고 기꺼이 고통 받는 것
이며, 신성한 고통이라고 말한다. 일반적으로 사랑을 논할 때 열정이
라는 단어를 많이 쓰지만 본래는 자신이 사랑하는 것을 위해 기꺼이
고통 받는 것이라고 했다.

열정은 인내의 또 다른 말이라고 했다. 열정의 실천에는 참고 견디는
과정이 동반되어야 한다는 뜻이다. 인고의 세월을 기꺼이 고통 받고
견뎌내면 열정의 꽃이 화려하게 피어날 수 있다.

누군가 말하길 열정은 인내의 또 다른 말이라고 했다. 열정의 실천에는 참고 견디는 과정이 동반되어야 한다는 뜻이다. 인고의 세월을 기꺼이 고통 받고 견뎌내면 열정의 꽃이 화려하게 피어날 수 있다.

스티브 잡스도 우리가 선택하는 일은 열정이 느껴지는 것이어야 한다고 말했다. 그렇지 않으면 인내심이 생기지 않을 테니까.

좋아하지 않는 일에 열정을 쏟기란 밑 빠진 독에 물 붓기나 다름없다. 밑을 막아주는 마개가 인내다. 독안의 물이 차오르려면 계속해서 물을 붓는 열정과 이를 새지 않게 막아주는 마개가 함께 있어야 한다. 지금 하는 일에 열정이 피어오르지 않는다면 이 일을 사랑하는지 제고해 볼 일이다. 열정을 지속적으로 유지하는 것은 쉽지 않다. 앞에서 말했듯이 완급 조절이 필요하다. 지치지 않을 만큼 은은한 불을 계속 지펴 주는 거다.

첫 번째 책을 쓸 때, 매일 A4용지 두 장 반 정도 분량의 글을 쓰기란 쉽지 않았다. 글감이 떠오르지 않아 깜박이는 커서를 한없이 쳐다보기도 했고, 떠오르는 생각을 어찌 글로 풀어낼지 막막하기도 했다. 하지만 끝까지 포기하지 않고 해낸 것은 열정이고 인내였다. 좋아서 하는 일이었기에 가능했다.

모든 일에 한결같은 열정을 쏟아 부을 필요는 없다. 그렇다고 이 열정이 식어버리면 모든 게 다 끝나는 것도 아니다. 또 다른 열정이 찾아올 테다. 그때 열과 성을 다시 다하면 된다. 지금 열정 없는 무미건조한 시기를 보내는 중이라고 낙담할 필요가 없다. 다음 열정을 위해 잠시 쉬어가는 중일 뿐일 수도 있다. 인생은 이렇게 크고 작은 열정이 모여 이루어지는 것일 테니까. 힘 줄 때는 힘주고 힘 뺄 때는 힘 빼며 살면 된다.

아픈 날

왼쪽 새끼 발가락을 다쳤다. 발가락 안쪽으로 살껍질이 조금 일어났길래 뜯었더니 탱탱 부어오르고 열감이 느껴졌다. 욱신욱신거리는 고통이 이루 말할 수가 없었다. 자고나면 낫겠거니 하며 겨우 잠을 청하고 다음날 일어났더니 고름이 가득 차올랐다.

걷기가 힘이 들어 고름을 빼야겠다는 생각에 불에 지진 바늘 끝으로 찔러 고름을 짜내었다. 조금 낫다 싶더니 다음날 다시 고름이 차고 부어올랐다. 조금만 건드려도 까무라칠 듯 아파하니 이를 알게 된 가족들이 병원에 가라고 난리다. 손끝 발끝은 감염되면 골수염까지 갈수 있는 매우 위험한 부위라며 겁까지 준다. 자칫하면 발가락을 잘라내야 할 수도 있단다. 병원까지 갈 생각이 없었던 나는 온갖 협박(?)에 집을 나설 수밖에 없었다. 토요일 오후라 동네에 병원은 문을 다 닫았고, 옆 동네에 365일 운영하는 병원까지 가야 했다.

춥고 비까지 오는 토요일 오후라 도로에 차는 지독하게 막히고, 십분을 넘게 기다려도 택시를 잡을 수가 없었다. 하는 수 없이 버스를 타야겠다 마음을 고쳐먹고 역시 한참을 기다려 버스를 탔다. 내려서도 병원까지는 한참을 걸어야 했다. 나의 온 신경은 새끼발가락에 가 있었다. 오만가지 생각이 다 지나갔다. 심각한 상태라 수술을 해야 한다하면 어쩌나. 요즘 의술이 얼마나 뛰어난데 설마 발가락을 자르라고까지 하겠나 등등 온갖 근심을 하는 중에 발가락은 또 얼마나 아픈지. 발가락이 신발에 닿을 때마다 너무 아파 발을 절뚝거리며 걸을 수 밖에 없었다. 목발이라도 있었으면 좋겠다 싶을 정도로 힘을 주지 못한 채 한손으로는 우산을 들고 힘겹게 한걸음 한걸음 떼서 겨우 병원에 도착했다.

의사 선생님은 의외로 별 거 아니라는 듯이 5일간 항생제 먹고 경과를 보고 그 후에도 차도가 없으면 그때 상처부위를 째야 한다고 했다. 주사 한 대를 맞고 병원을 나서는 발걸음이란. 무한의 안도감과 함께 발가락의 고통도 사라졌다. 아까는 분명히 절뚝거렸는데 병원을 나온 후에는 걸음걸이가 말짱해졌다.

아이들은 유난히 반창고를 사랑한다. 몸에 조금이라도 스크래치가 생기면 반창고를 붙여 달란다. 별것 아닌 상처에도 아프다며 성화를 내다가도 반창고를 붙여주면 언제 그랬냐는 듯이, 다 나았다는 듯이 까맣게 잊고 다시 논다.

신체의 고통도 마음의 선택에 따라 달라지는 경우가 많다. 많이들 알고 있는 플라시보효과Placebo Effect와 노시보 효과Nocebo Effect가 이런 현상을 설명한다. 플라시보 효과는 실제로 효력이 없는 위약을 먹은 환자가 약의 효과를 믿음으로써 치료에 도움이 되는 경우이다. 노시보 효과는 반대로 나빠질 거라는 부정적인 믿음으로 실제로 몸이 나빠지는 것을 말한다. 내 발가락의 이야기가 노시보 효과라고 할 수 있다. 온갖 염려와 악화될 수도 있다는 믿음으로 발가락이 더 아픈 것처럼 느꼈다가 괜찮다는 의사의 말에 고통이 싹 사라진 것은 순전히 내 마음의 문제였다. 마음이 아파서 몸이 더 아프다고 느꼈는지도 모른다.

고등학교 2학년 3월, 새로운 반에 막 올라갔을 때의 일이다. 당시 우리 반을 맡은 담임선생님이 이상하게 똑같은 행동을 해도 옆에 있는 내 친구는 가만두고 날선 눈빛으로 나만 혼내는 거다. 그런 일이 지속되자 억울한 마음에 그 선생님 앞에서 일부러 혼날 행동을 하기도 했다. 알고 보니 선생님이 우리 반에 나와 이름이 비슷한 한 친구와 나를 혼동한 모양이었다.

그 친구는 소위 날라리라고 불리우는 요주인물이었기에 초반에 군기를 잡으려고 했던 모양이다. 얼마 지나 다행히 오해는 풀렸지만 당시엔 참 억울했다. 낙인이론 혹은 스티그마 효과Stigma Effect라는 심리 현상이 딱 맞아 떨어지는 에피소드이다.

내가 어떤 마음을 투사하느냐에 따라 결과의 차이는 어마어마하다. 마음이 내 몸에 미치는 영향은 물론이요, 다른 사람에게도, 외부의 결과도 달라질 수 있다. 낫는다는 의지만 있으면 몸이 회복되는 속도가 빠르다. 마음이 다른 사람에게 미치는 영향도 상당하다. 지능검사 결과와 상관없이 무작위로 뽑힌 20퍼센트의 학생 명단을 교사에게 '지적 능력이나 학업성취의 향상 가능성이 높은 학생들'이라며 믿게 하며 건넸더니, 수개월 후 그 집단 소속의 아이들의 지능 평균이 다른 학생들보다 더 높게 나왔다는 유명한 로젠탈의 실험 역시 이를 뒷받침한다. 변수는 교사의 '마음'이었다. 명단에 속한 학생들에 대한 교사의 기대와 격려가 차이를 만든 것이다.

내게 거의 10년이 가까이 앓고 있는 고질병이 있다. 한 달에 한번 꼴로 찾아오는 극심한 위경련 비슷한 증상이다. 주로 윗배가 꼬이듯이 극렬한 고통이 찾아오는데 보통은 대여섯 시간 지속된다. 진통제도 소용없어서 핫팩을 대고 웅크리고 오롯이 견뎌내야 한다. 속도 뒤집어지는 듯 미식거려 구토도 최소 서너 번은 한다. 연초에 친정집에 머물다가 때마침 증상이 찾아왔다.

그날따라 구토횟수도 7번을 넘어가고 고통의 정도가 평소보다 심해 결국은 아빠랑 응급실에 가야 했다. 이 모든 과정을 처음 본 우리 부모님은 당장 큰 병원에 가서 검사를 해보라고 연신 채근이다. 몇 년 전에 위대장 내시경을 다 해봤지만 아무 이상이 없다고 했다. 의사는 신경성이라고 결론을 냈다.

불교에서는 모든 병은 잘못된 집착에서 온다고 본다. 결국은 병이 마음에서 온다는 얘기다. 몇 달 전부터 내 위장을 살피기 시작했다. 위장은 주로 명치부분에 위치하며 태양총이라는 기혈이 모이는 부분이다. 요가에서는 이 부위가 본인의 파워를 관장하며, 자존감과 관련 있다고 본다. 이 부위가 막히거나 손상이 되면 다음과 같은 모습이 나타난다고 한다.

환경을 바꾸기에 무력하다고 느끼고 자주 죄책감을 느낀다.
내 힘을 다른 이에게 빼앗길까봐 전전긍긍한다.

본인의 결정권을 다른 이에게 넘겨주고 본인은 항상 뒤로 물러나는 경향이 있다.

위와 소화기관 부근의 세포들의 활동이 둔화되어 소화기 관련 질병이 발생할 수 있다.

자존심이 강하며, 타인의 비판이나 간섭을 매우 싫어한다.

짜증과 화를 잘 내고, 인정받기 위한 일에 집착한다.

우월감을 즐기는 편이다.

다른 사람들이 나를 어떻게 생각하는지에 대해 지나치게 걱정한다.

쉽게 지치고 매사 자신이 없을 때가 많다.

거의 100퍼센트 내 이야기였다. 이 사실을 깨닫고부터는 위장 부위에 집중하는 중이다. 명치 부분의 흐름이 원활해지도록 명상도 하고 마사지도 해주고 있다. 배가 왜 아픈지에 대해 안으로 수없이 파고들다 보니 나의 묵은 감정들이 보였다. 내 중심 없이 쉽게 흔들리고, 남에게 잘 보이기 위해 애쓰고 살았던 나의 내면아이가 그곳에 있었다. 그런 마음의 오래된 찌꺼기들이 병의 원인인 것 같았다.

약도 소용없던 위장병이 마음의 병인지도 모른다는 자각을 한 이후부터 신기하게도 발병 횟수가 줄기 시작했다. 거의 3주, 4주 간격으로 찾아오던 복통이 근래엔 서너 달로 간격이 벌어졌다. 마음의 치유작업 덕분인 것 같다.

남편이 해외피싱을 당해 큰돈을 날렸다. 그는 낙담했고 좌절했다. 우리가 합심해서 열심히 모은 돈이라 가슴에 신물이 나는 듯 쓰렸다.

하지만 태도를 곧 바꿔 남편을 위로했다. 괜찮다고 당신 잘못이 아니니 자책하지 말고 해결책에 집중하자고. 이미 날린 돈이니 괴로워한다고 그 돈이 돌아오지 않는다. 그럴 바에는 심적 고통은 감정의 낭비일 뿐이다. 마음에 병만 생긴다.

오히려 남편이 이 일로 건강이나 해칠까 염려가 되었다. 가슴에 그런 울화와 분노, 억울함 따위가 쌓인 것이 바로 홧병 아니던가. 그러한 부정적인 감정들은 몸의 흐름을 저해하게 된다. 흐름이 막히고 손상되니 병의 증상이 나타나게 된다.

최근에 감명 깊게 읽은 아니타 무르자니의《그리고 모든 것이 변했다》는 말기 암환자였던 그녀가 죽음의 세계에 다녀온 후 암이 사라진 경험을 담고 있다. 온몸을 난도질하던 죽음의 세포를 사라지게 한 힘은 바로 마음 속 깊은 치유경험이었다. 이 믿을 수 없는 삶의 이야기를 믿든 아니든 간에 중요한 사실은 마음의 변화가 몸에 미치는 영향이다. 병은 마음이 투사되어 겉으로 드러난 몸의 반응이라 볼 수 있는 것이다.

어떤 마음을 선택할 것인가에 달려 있다. 행불행 역시 마음의 선택 문제다. 내가 정한 프레임에 따라 세상이 예뻐보일 수도, 추해보일 수도 있다. 기왕 살다가는 인생, 이왕이면 행복을 선택해서 하루하루를 기쁨으로 채우며 살아가길 바란다.

불안한 날

요가 강사 자격증을 따기 위해 준비할 때의 일이다. 처음에는 수련을 목적으로 시작하려 했으나 이왕 하는 거 자세와 요령을 제대로 배워보자는 생각에 자격증 반에 들어갔다.

다닌 지 한 달반쯤 되어 시험을 봐서 패스해야 그 다음 등급 시험을 치를 수 있었다. 필기시험은 며칠 바짝 공부해서 머릿속에 넣은 내용은 그대로 다 쓰고 나왔다. 무난하게 패스했다.

문제는 실기시험인데 몸이 아직 준비가 덜 되었다. 필기 이론이야 벼락치기로 어찌 된다 해도 몸은 벼락치기가 되지 않는다. 몸은 정직하기 때문이다. 실기 시험 자세가 열 개인데 정확한 자세를 하는 건 둘째 치고 한 동작 당 1분을 버텨야 하는데 만만치가 않았다. 미리 모의시험을 보는데 선생님이 이번 말고 다음에 보라는 말 대신 "괜찮아요, 보세요."라고 하는 거다. 분명히 힘들 것 같은데 연습 삼아 한번 보라는 건지 아니면 진짜 붙을 가능성이 있다는 건지 확실하지는 않지만 어떻게든 해볼 욕심이 생겼다. 애초에 다음번을 기약했으면 마음 편히 연습에 임할 수 있었을까. 나는 이번에 떨어지면 어떡하나 하는 불안감에 시달려야 했다.

시험 며칠 전 밤에 좋지 않은 꿈을 꾸었다. 꿈에 누구 집에 놀러갔는데 무서운 형체를 보기도 했고, 또 엄마가 나더러 그런 거 하지 말고 애나 한 명 더 낳아 키우라고 말하는 거다. 현실에 우리 엄마는 그런 말씀을 하실 분이 아닌데 말이다. 꿈에서 깨어 곰곰이 생각을 해보았다. 이게 시험에 떨어질 계시인가 하는 생각을 했다가 이내, 이것 역시 내 불안이 만들어낸 이야기라는 결론을 내렸다. 꿈은 무의식의 발로다. 시험에 떨어지면 어쩌나 하는 불안이 꿈 안에서 구체적인 이미지로 나타난 것이다.

본디 불안이라는 놈은 실체 없는 허상에 불과하다. 미래에 대해 미리 걱정한들 사실상 달라지는 것은 없다. 예전에 친구들이랑 놀러가기로 했는데 일기예보에 그날 태풍이 온다는 거다. 취소해야 하나 말아야 하나 전전긍긍하는 내게 한 친구가 말했다. "일어나지 않은 일에 미리 걱정하지 마. 그 일이 실제로 일어나면 그때 가서 걱정하면 되지." 무슨 천하태평 같은 말인가 싶었으나 태풍은 결국 우리나라를 비껴갔고 우리는 무사히 놀다 올 수 있었다.

《될 일은 된다》라는 책에서 마이클 싱어는 일생을 통해 내맡기기 실험을 행한다. 내맡기기는 나를 비우고 내 밖에서 일어나는 일에 대해 관망하는 태도라고 볼 수 있다.

이러한 과정을 통해 그는 감정의 동요를 점점 가라앉히고 더 이상 오감으로 대표되는 감각이 자신을 지배하는 것을 허용하지 않게 된다. 내가 원하지 않는 결과가 나올지도 모른다는 두려움이 불안의 또 다른 얼굴이다. 일어나는 모든 일이 내가 원하는 대로, 내가 그리는 대

지금, 불안하다면 내 밖에 나를 불안하게 하는 그 요소를 바라볼 것
이 아니라 불안함을 느끼는 나의 내부를 바라보도록 하자. 왜 내가
불안함을 느끼는지 이유를 찾아가다 보면 불안함의 실체가 사실은
허상임을 깨닫는 순간이 온다.

로 되지 않으면 어쩌나 하는 불안은 나의 욕심이기도 하다.

세상을 살아가면서 세속적인 욕심, 욕망을 탐하지 않기란 분명 어려운 일이다. 기대치가 생길 수밖에 없지만 기대만큼의 욕심이 불안이라는 형태로 나를 괴롭히는 것이다.

특히 우리나라에서는 사람들을 불안하게 하는 요소가 너무나 많다. 좁은 땅덩어리 안에 모여 많은 이들이 살아가다 보니 일단 공간의 여유가 없다. 밀집된 공간에서 내 자리를 확보하기 위해 경쟁해야만 하는 구도다. 천정부지의 집값에 결혼을 앞둔 젊은이들이 불안해하고, 취업을 못해 불안해한다. 경쟁에 도태될까 늘 두려워하고 아이라도 있으면 경제적 여건과 연관시켜 교육문제에 불안해한다. 녹록치 않은 현실에 노후문제마저 겹쳐, 우리나라에서는 젊은이나 노인이나 불안하기는 매한가지이다.

이러한 현실에서 내 안의 불안감마저 조절하지 못하면 안팎으로 날을 세우고 살아갈 수밖에 없다. 내 안의 평화를 먼저 찾아야 밖의 문제를 해결할 수 있는 여유가 생긴다. 밖에서 일어나는 일들이 내면에 영향을 안 끼치게 하기까지는 오랜 마음수양이 필요하다. 사람인지라 마음의 동요를 잘 다스리는 것이 쉽지는 않지만 팍팍한 삶을 살아가는 현대인들에게 적어도 스트레스 관리 정도의 마음 수양은 절실하다. 삶에 어느 정도로 자극을 주는 스트레스는 건강한 스트레스라고 하지만, 임계점을 넘어가서 마음을 압박해올 정도의 스트레스는 잘 알려진 바와 같이 현대인에게 많은 질병을 안겨준다.

시험에 대한 압박이 스트레스를 주기 시작하자 나는 마음을 바꾸어야겠다고 생각했다. 하루를 앞둔 시험에 내가 가진 역량이 드라마틱하게 달라질 리는 없으니 결과에 연연할 필요는 사실 없었다.

그저 가진 역량을 최대한으로 발휘하고 담담히 결과를 받아들이면 되는 일이었다. 편한 마음가짐은 오히려 플러스 알파의 효과를 가져올지도 모를 일이다. "나는 실전에 강하다."라는 주문을 셀 수 없이 외우며 불안감을 잠재우고자 했다. 시험 전날의 꿈자리는 평소와 같이 평온했다. 불안이 어느 정도 잠재워진 모양이다.

결국 실전에서 그 어떤 연습 때보다도 잘 버텨냈고 역량을 최대치로 발휘했다. 결과 발표 전까지 당락에 연연하지 않았다. 최대한으로 발휘했는데도 떨어진다는 것은 분명한 실력 미달이고 연습이 더 필요하다는 명백한 메시지이기 때문이다. 실력이 안 되는데도 붙기를 바라는 마음은 과욕이다. 넘보지 말아야 할 것을 넘보니 불안한 마음이 들 수밖에 없었다. 붙는다면 내 역량이 기준점의 최소치를 적어도 만족시켰다는 뜻일 테다. 그뿐이었다.

시험의 당락은 내 실력이 어느 정도인지 검증하는 객관적인 척도가 될 뿐이다. 그 객관적인 결과를 담담히 받아들이기만 하면 되지, 내 감정이 그에 맞춰 동요할 필요가 없었다. 현상은 그대로인데 이를 바라보는 내 마음만 흔들릴 뿐이었다. 마음을 잘 다스려 최대한 버틴 나는 결국 시험에 붙었다.

떨어질까 봐 다음 시험을 볼까 했던 마음은 상황에 대한 명백한 회피였다. '회피'는 우리가 고통에 대한 방어기제로 가장 많이 쓰는 방법이지만 상황만 모면할 뿐 근본적인 해결책이 되지는 못한다. 회피는 불안감에게 오히려 먹이를 주는 셈이기 때문이다. 《불안해서 밤을 잊은 그대에게》라는 책에서는 불안한 감정에 대처하는 팁으로 반대로 행동해보라고 권한다. 도망치거나 피하는 대신 내면에서 일어나는 일과 함께 지내라고 한다. 문을 걸어 잠그고 꼭꼭 숨고 싶을 때에는 오히려 문을 열어젖히라고 말한다. 회피하는 대신에 고를 수 있는 낙관적 행동들을 선택하라는 것이다. 나의 경우는 실력여부를 떠나 일단 시험을 치르는 것이 반대되는 낙관적 행동이었다.

요가 수련의 8단계 중에 5단계에 '프라치아하라-제감制感'라는 것이 있다. 외부 대상을 인식하는 감각기관이 내부를 지배하는 것을 지양하기 위해 오감을 억제하고 조절함으로써 타성에서 벗어나 본질을 깨달을 수 있도록 하는 감각과 욕구제어 수련법이다. 이는 외부로 향하기 쉬운 마음을 억제시켜 내부로 향할 수 있게 한다. 지금, 불안하다면 내 밖에 나를 불안하게 하는 그 요소를 바라볼 것이 아니라 불안함을 느끼는 나의 내부를 바라보도록 하자. 왜 내가 불안함을 느끼는지 이유를 찾아가다 보면 불안함의 실체가 사실은 허상임을 깨닫는 순간이 온다. 밖으로만 향해 있는 레이더를 안으로 향하도록 수시로 살펴볼 수 있었으면 좋겠다.

CHAPTER
5

매 순간
깨어있기

지금 나는
어디에 서 있는가

며칠 전 아침식사를 하다가 갓 여섯 살 된 작은 아이가 말했다.

작은아이: 엄마, 우리는 영원히 살 거야. 죽기 싫어.

나: 왜? 죽는 게 뭔지 알아?

작은아이: 응. 죽으면 속상해. 이때까지 있었던 일을 다 까먹어.

나: (멍하게 있었다.)

작은아이: 살고자 하면 죽고 죽고자 하면 사는 법!

나: (웃으며) 뭐? 그거 어디에서 들었어?

큰아이: 살고자 하면 죽고 죽고자 하면 사는 법! 생즌필사!

나: (박장대소하며) 너네 그 말 어디서 배웠어? 그리고 생즉필사겠지.

남편: 그거 또봇에 나오는 거야.

작은아이가 하는 말에 깜짝 놀랄 때가 많다. 가끔씩 이 아이는 인생 2회차인가 싶은 생각마저 든다. 죽음이라는 문제는 어린아이들에게도 뭔지 모를 의미가 있나보다. 나도 어릴 때 죽음을 생각하면 괜히 기분이 이상했다. 내 나이 여섯 살에 세상을 뜨신 외할머니의 죽음이 그랬다. 어제까지 계시던 분이 오늘 이 세상에 안 계시다는 사실이 납득하기 힘들었다. 그러면 대체 어디로 가신 걸까. 차가운 땅속은 춥지 않을까. 그 의문은 성인이 돼서까지 풀기 힘든 숙제였다.

어른이 되어서도 죽음은 여전히 미스테리였다. 내가 죽으면 여태까지의 내 일상생활은 올 스톱일 텐데. 지금 이 순간에도 이렇게 아무 일 없이, 아무렇지 않게 데일리 루틴을 살고 있는데 이런 것들은 다 어떡하나. 모든 사람은 다 죽을 텐데 무엇을 위해 이렇게 아등바등 사는 걸까. 정녕 죽으면 모든 게 다 끝인가.

대학생이 되어 교회를 다녔다. 예수님을 믿으면 천국에 가서 영생을 얻을 수 있다고 했다. 성경공부를 했지만 믿음이 부족해서였는지 내세에 대한 확신은 서지 않았고, 지금은 아주 가끔씩만 나가는 날라리 신자가 되었다.

내세관은 종교마다 조금씩 다르다. 기독교, 유대교, 이슬람교에서는 믿음에 따라 천국에 갈 수 있다고 한다. 불교나 힌두교, 고대 이집트 종교에서는 윤회를 믿으며, 윤회를 통해 해탈에 이르면 극락에 간다고 한다. 유교에서는 사후세계보다는 현생에 초점을 맞추어 내세관이 뚜렷하지는 않다. 메이저major라고 하는 종교들은 대부분 사후세계가 있다고 말한다.

아무도 가보지 못한 죽음 이후의 세계에 대해 몹시나 궁금했다. 우리가 어디에서 와서 어디로 가는지에 대한 의문을 풀기 위해 관련서적을 읽기 시작했다. 그 시작이 《우리는 어디에서 와서 누구이고 어디로 가는가》라는 애니 베전트의 책이었다. 'The ancient wisdom'이라는 원제가 말해주듯 이 책에서는 모든 종교와 철학 속에 동일하게 흐르는 가르침에 대해 이야기한다. 머리를 얻어맞은 것 같았다. 물질계인 현세가 어떻게 시작되었는가부터 영혼이 머무는 멘탈계, 천계, 열반계 등 여러 차원의 세계, 우주의 운용원리, 카르마에 대해서도 상세히 파헤친다. 신비주의적 관점에서 환생에 대해서도 다루고 있다.

책의 내용의 진위를 떠나 죽음을 비롯해 나를 둘러싼 세계를 새롭게 인식할 수 있는 계기가 되었다. 삶이 무엇인지에 대한 심오한 내적 성찰을 시작할 수 있었다. 가장 희망적인 부분은 인간이 점점 나은 방향으로 진화하고 성장하기 위해 태어났다는 것이었다. 요즘 속된말로 '이생망'이라는 표현을 자주 듣는다. 이번 생은 망했다는 뜻이다. 이번 생애에는 틀렸으니 다음 생을 기약한다는 말은 반은 맞고 반은 틀렸다.

> 상황이 불공평해 보이는 것은 우리가 이 세계를 진화라는 맥락에서 떼어내어 조상도 후손도 없는 곳에 따로 놓고 보기 때문이다.
> ─《우리는 어디에서 와서 누구이고 어디로 가는가》, 책읽는 귀족, p.263

인생을 다 알기에는 아직 젊은 나이지만, 나이가 들수록 느끼는 것은 세상은 공평하다는 사실이다. 겉으로 평화로워 보이는 집도 들여다보면 문제없는 집이 없다. 인생사 새옹지마라고 지금 당장 좋은 일도 영원히 나쁘란 법도 없고, 악재가 호재가 되는 경우도 많다. 다음 생의 유무 여부를 떠나, 우리가 겪는 이 모든 일이 결국 우리가 보다 나은 인간이 되어가는 과정이라는 강력한 교훈을 얻을 수 있었다. 더불어 이왕 이번 생에 태어난 이상, 내가 될 수 있는 최고의 버전으로

업그레이드를 위해 힘써야겠다는 결론을 내렸다.

우리는 넓은 의미에서 삶과 죽음을 매일 겪고 있다. 매일 자고 깨기 때문이다. 매일 죽음을 연습하고 있는지도 모른다. 매일 새로 태어나면서 매일의 삶에 의미를 부여할 수 있다. 시한부를 선고받은 사람은 하루하루가 소중하다. 자신이 언제 죽을지를 알기 때문이다. 우리 모두는 매일 죽음을 향해 한걸음씩 다가가고 있다. 다만 언제일지를 모를 뿐이다. 아일랜드의 극작가 조지 버나드 쇼는 유명한 묘비명을 남겼다. "우물쭈물하다 내 이럴 줄 알았지." 내 묘비명은 이렇게 남기고 싶다. "봤지? 그러니 돌아가서 가능한 경험하고 즐겨라."

우리의 마지막 날을 준비하는 것이 매일의 일이 되어야 한다.

　　　　　　　　　　　　　　　　　　　　　　　　－ 매튜 헨리Matthew Henry

마음 속
파도 읽기

회사 다닐 때 영업부 직원 교육을 담당했다. 글로벌 기업이라 아시아 헤드팀에서 교육 팀 매니저를 우리 회사에 파견 보낸 적이 있었다. 그 매니저가 우리 영업부 교육 워크숍을 열게 되었다.

영어로 진행되는 연수라 통역이 필요했고, 내가 그 역할을 맡았다. 이틀간의 연수였는데 무슨 배짱이었는지 준비를 하나도 하지 않은 채로 통역을 했다. 큰 실수였다. 동시통역이 처음인데다가 세부적인 이론을 설명할 때 멍해지기 일쑤였다. 상당 부분을 놓쳤고 공식석 상에서 죄송하다고 놓쳤다고 고백해야 했다. 배경지식이 없는 상태에서 모든 이론을 통역해 내기에는 내 역량이 너무나 부족했다.

그날 연수 후 회식자리에서 부정적인 피드백을 오롯이 견뎌내야 했고 집에 와서 펑펑 울었다. 그날 밤 내 마음속에는 거친 풍랑이 몰아쳤다. 다음날 아프다 그러고 결근할까를 수도 없이 고민했다. 바닥난 자존심에 얼굴이 화끈거려 견딜 수가 없었다. 안 그래도 인정욕구에 목말라 있던 내게 그 같은 실수는 내 존재를 위협할 지경이었다.

그래도 마음을 다잡고 새벽 늦게까지 연수 자료를 읽어 내려가며 공부하기를 택했다. 준비한 덕에 다음날의 통역은 매끄러웠고 그럭

고요한 마음의 바다에 파도가 일고 물결이 거세
진다면 에고가 고개 들기 시작했구나 하고 바라
봐 주자. 에고는 끊임없이 존재감을 드러내고자
한다. 이를 알아채고 저항없이 바라보는 것만으
로도 풍랑은 서서히 물러갈 것이다.

저럭 잘 마무리할 수 있었다. 완전히 달라졌다며 긍정적인 피드백을 받고 무너진 자존심이 약간 회복되었지만 못난 민낯이 드러났다는 수치심은 회사생활 내내 나를 괴롭혔다.

잘하고 싶은 욕심, 인정욕구, 낮은 자존감의 3종 세트가 만들어낸 마음의 에피소드였다.

항상 내 탓으로 화살을 돌리는 남편을 이해하기가 힘들었다. 아이들에게는 감정조절이 그나마 되는데 남편에게는 아직도 힘들다. 인생의 가장 큰 관문이고 숙제가 아닐 수 없다. 글을 쓸 때도 요가를 배우기 시작할 때도 남편은 회의적이었다. 가정에 덜 충실하다는 이유였다. 주말에 가족을 두고 나가야 하는 나를 비난했다. 이럴 거면 왜 결혼했냐는 소리까지 들었다. 결혼은 내가 하자 했다. 스물여덟이 되는 해에는 꼭 결혼을 해야 한다고 생각했기 때문이다. 남편은 좀 더 있다가 결혼하고 싶어 했다. 사귄 지 2년이 되어가자 나의 주도로 결혼을 준비하기 시작했다. 지금 와서 "네가 결혼하자고 했잖아."라는 소리를 들을 때마다 기가 막혔다. 결국 선택은 본인이 했으면서 지금까지 그 소리를 하는 남편에게 나는 이런다. "결국 오빠가 선택한 거잖아. 내가 죽자고 하면 죽을 거야?"라고. 아무튼 우리 남편은 항상 다툼의 원인이 내게 있다고 생각했다.

남 탓하는 그를 비난하면서 문득 나 역시 남편 탓만 하고 있다는 생각이 들기 시작했다. 《거울의 법칙》이라는 책은 인생에 나타난 현실은 본인의 마음을 비추는 거울이라고 말한다. 현실에서 일어나는 일은 어떤 '결과'이며, 결과에는 반드시 상응하는 '원인'이 있는데 그 원인이 내 마음의 반영이라는 거다. 남편과 나의 관계 역시 내 마음에 원인이 있는 결과라는 뜻이 된다. 곰곰 돌이켜본 결과 사사건건 반대부터 하고 보는 남편 '때문에' 내가 무엇이든 마음 놓고 하지 못하고 있다는 피해의식을 마주했다. 사람마다 생각이 다를 수 있으니 반대할 수도 있다.

그런 그를 헤아리지 못하고 반대를 위한 반대를 하고 있다고 미워했다. 처음에 반대를 해도 결국 내 뜻대로 하게 하는 남편의 그 마음에 감사하지를 못했다. 여전히 남편과 부딪치는 날이 많지만 그럴 때마다 내 마음부터 살피려고 노력한다. 남편을 변화시키고 싶으면 나부터 바꾸라는 말이 무슨 뜻인지 조금씩 알아가고 있다.

싸우다가 말을 멈추고 침묵하는 것은 지는 것이라고 생각했다. 그래서 남편과 다툴 때 말문이 막히면 분해서 눈물부터 났다. 지는 것이 이기는 것이라는 옛말은 내게 헛소리였다. 중학교 때 1, 2등을 다투던 친구와 늘 경쟁을 했다. 그 친구가 어떤 문제집을 푸는지 궁금했고, 그가 쉬는 시간에 공부를 하면 몹시 신경이 거슬렸다. 어쩌다 2등을 하면 몹시 억울하고 속상했다. 집에 와서 틀린 문제를 펼쳐놓고 두고두고 후회를 했다. 지고 못 사는 성격은 성장하면서 서서히 묽어지는 듯 했지만 가끔씩 튀어나왔다. 운전할 때 누가 갑자기 끼어들면 경적을 사정없이 눌러댔다. 남편과 싸울 때 지기 싫어 진이 빠질 때까지 독설을 퍼부었다.

《에고라는 적》에서 라이언 홀리데이는 남보다 우월해야 하고 잘해야 하고 인정받아야 하는 것이 에고라고 정의 내렸다. 그는 자기 자신이 가장 중요한 존재라는 잘못된 믿음이 에고라고 말한다. 책 표지에도 인생의 전환점에서 버려야 할 한 가지가 바로 에고라고 강조한다. 내가 살며 겪은 마음의 파도, 그 중심에 에고가 있었다. 저자는 에고를 대체하는 덕목으로 바위처럼 단단한 겸손함과 자신감을 꼽았다.

내가 무조건 1등이어야 한다는 생각을 버려야 했다. 쓸데없는 자존심을 버리고 건강한 자신감을 길러야 했다. 사람마다 생각이 다르고, 잘하는 것이 다르고, 인생의 행로가 다르다는 사실을 받아들이고 나니 남들과의 경쟁이 의미가 없어졌다. 다만 나의 어제와 오늘을 비교하기 시작했다. 예전에는 남이 잘되면 배가 아팠다. 겉으로만 축하하는 척했다. 지금은 지인에게 좋은 일이 생기면 내 일같이 기쁘다. 이제야 진심어린 축하를 건넬 수 있게 되었다.

내가 제일 똑똑하고 잘나야 한다는 오만함을 내려놓으니 솔직한 나를 드러낼 수 있게 되었다. 죽는 순간까지 배움에는 끝이 없다는 겸손함의 가치를 알고부터였다.

남들과 이야기할 때 모르는 내용이 나오면 아는 척할 때가 많았는데 이제는 "그게 뭐예요?"라고 당당하게 묻는다. 모르는 것이 부끄러운 것이 아니며, 부끄럽다는 느낌이 에고에서 비롯한 허울임을 알기 때문이다. 그렇다고 완전히 에고를 벗어버리지는 못했다. 아직도 나를 추켜세우고 싶고 자랑하고 싶은, 인정받고 싶은 욕구가 내 안에 있다. 다만, 마음 속에서 에고가 작용하고 있음을 알아차리려고 노력을 한다. 어떤 감정이 올라오면 에고가 또 존재감을 과시하는구나 하고 바라보려고 한다.

The ultimate aim of the ego is not to see something, but to be something.

에고의 최종 목적은 무언가를 보기 위함이 아니라, 무언가가 되기 위함이다.

– Muhammad Iqbal

무언가가 되기 위함, 내가 아닌 다른 내가 되고 싶은 욕구가 좌절될 때 불행함을 느끼고, 심하면 자기파괴를 하게 된다. 있는 그대로의 나, 진짜 나로 향하는 여정의 장애물이 되고 만다. 고요한 마음의 바다에 파도가 일고 물결이 거세진다면 에고가 고개 들기 시작했구나 하고 바라봐주자. 에고는 끊임없이 존재감을 드러내고자 한다. 이를 알아채고 저항없이 바라보는 것만으로도 풍랑은 서서히 물러갈 것이다.

사소한 특별함

꿈을 꾸었다. 친한 옆집 언니가 자기 아이와 우리 아이의 동영상을 찍었는데, 두 아이가 달려와서 점프하며 트렁크 팬티같이 생긴 바지에 두 다리를 쏙 집어넣는 것이었다.

꿈속에서 그 장면이 하도 우스워 아이들도 어른들도 한참을 웃었다. 그러고는 잠이 깼다. 잠에서 깨어 방금 꿈에서 본 장면이 여운이 남아있는데 문득 든 생각은 그 순간이 얼마나 소중한가였다.

비록 꿈이었지만 아이들과 함께 보내는 그 시간은 다시 오지 않을 소중한 순간이라는 생각에 눈물이 났다.

첫아이 육아가 참 힘겨웠다. 신생아 시절 한 시간도 넘게 아이를 품에 안고 젖먹이는 그 순간이 힘들었다. 잠투정 할 때마다 힙시트를 허리에 차고 흔들어대며 아이를 재워야 했던 그 순간이 하루라도 빨리 지나갔으면 싶었다.

두 아이가 어느 정도 큰 지금도 아이들이 얼른 커서 내게 얼른 자유가 허락되었으면 하고 바랐다. 큰아이 육아를 함께한 옆집 언니는 같이 앉아서 수유할 때 이렇게 말하곤 했다. 아이가 너무 예쁘지 않냐고. 이 순간이 너무나 소중하다고. 그때는 이해하지 못했다. 내 몸 힘든 것에 매몰되어 아이 예쁜 건 눈에 들어오지도 않았다.

언니는 지금도 이야기한다. 자기는 아이 어린 시절의 순간순간이 모두 기억이 난다고. 반면 나는 기억이 잘 나지 않는다. 그저 힘들어서 그 시간이 소중하다는 생각을 미처 하지 못했던 것 같다.

아이를 제법 키운 언니들이나 어른들은 늘 말씀하신다. 아이가 어린 지금이 좋을 때라고. 아이가 크고 나니 그때처럼 재미있었던 적이 없었노라고. 소위 있는 자의 여유라고 생각했다. 힘든 시절 다 겪고 나서 여유가 생기니 되새기는 추억놀이쯤으로 여기곤 했다. 나는 지금이 힘들어 죽겠는데, 빨리 아이들이 컸으면 좋겠는데 무슨 소리냐고 속으로 반문했다.

그 땐 머리로만 이해했고 마음으로는 받아들이지 못했는데 지금에 와서 조금은 알 것 같다. 아이가 나를 보며 재잘대고 웃고 찡찡대고 떼쓰는 이 순간은 다시는 돌아오지 않는다. 깨어있기와 지금 이 순간을 즐기며 살라는 말이 결국 같은 말이었다.

아이가 고집부리며 울어댈 때 그 순간의 소중함을 동시에 알아차리는 것. 그것이 깨어있기였다. 예전보다 감정이 많이 가라앉았다고는 하지만 여전히 짜증나는 일도 많다. 아이가 말도 안 되는 일로 속상하게 할 때, 가령 다 먹어버려서 집에 있지도 않은 젤리를 지금 당장 내놓으라고 할 때 짜증보다는 오히려 재미를 느낄 수 있다면. 아이가 서른 살이 되어서도 젤리 없다고 떼쓰지는 않을 테니 말이다. 이런 게 순간을 즐기며 사는 것이 아닐까 싶은 생각이 든다.

인터넷 사이트에 회원가입을 할 때 비밀번호 확인 질문을 선택하는 란이 있다. 나는 주로 '나의 좌우명은?'이라는 질문을 선택하고 답변에는 '카르페 디엠'이라고 적는다. 현재를 즐기라는 말에 매료되어, 어린 시절부터 카르페 디엠은 나의 모토였다.

카르페 디엠Carpe Diem은 지금 살고 있는 이 순간을 잡고 충실하라는 뜻의 라틴어이다. 요즘 유행하는 욜로Yolo:You only live once.라는 말처럼 카르페 디엠 역시 바로 지금 여기에서, 이 순간에 집중하고 이 순간을 즐기라는 뜻이다.

지금 이 순간에 깨어있음으로써 내가 무엇을 하고 있는지 정확하게 알고 충만하게 즐기며 살아가야 하는데. 지나간 일이나 내일 있을 일에 얽매이지 않고 오로지 지금 이 순간을 살아가고 싶다.

채사장의《열한계단》에 등장하는 김 병장이라는 인물은 매순간 최선을 다하는 사람이다. 내무반 청소부터 군대의 모든 사소하고 잡다한 업무 어느 하나 소홀히 하지 않는다. 적당히 시간을 때울 수 있는 상황에도 혼신을 다해 임하는 그를 보며 나의 육아를 돌아보았다. 지금쯤 김 병장은 틀림없이 성공한 삶을 살고 있을 터였다. 반면 나는 어떤가. 나의 현재 주된 과업인 육아도 힘들다고 징징거리고 있으니.

어느 요가명상원에서 두 달 일하는 동안 온갖 허드렛일을 한 적이 있다. 매일 청소기를 밀었고 매일 스팀물걸레로 닦았다. 매일매일 쓸고 닦은 덕분에 수련실은 먼지 한 톨도 없었다. 호흡을 하며 요가를 하는 곳이라 수련실 공기가 깨끗해야 한다고 했다. 그곳을 청소하며 깨달았다. 우리 집도 제대로 청소 안 하는데 다른 곳에 와서 그러고 있는 내가 아이러니였다. 그때부터 우리 집 청소기는 그나마 자주 돌아가고 있다. 세상 쓸데없다고 여겼던 청소나 허드렛일의 소중함을 알게 되었다.

한동안 괜찮았다가 요즘 남편이랑 사이가 좀 틀어졌다. 내가 하고자 하는 일에 자꾸 태클을 걸어 극심한 의견충돌 중이다. 서로의 입장을 조금도 굽히지 않기에 합의의 여지가 없다.

평행선처럼 만나지 못하고 같은 이야기만 서로 반복하고 있다. 정말 짜증나는 순간이지만 살짝만 바꾸어 생각해보면 이렇게 다투는 것 역시 다시는 돌아오지 않을 것이다. 이 남자가 내가 쉰 살 예순 살이 되면 같은 일로 태클을 걸 일은 없을 것이다. 그때 가면 또다른 싸울 거리가 생길지는 모르겠지만 지금 이 소재가 문제될 일은 거의 없다.

어떤 분이 말씀하셨다. 남편 뒷모습이 쓸쓸해지는 순간이 온다고. 젊음을 바쳐 가장으로 처자식 위해 일하다가 늙어버린 남편의 등을 상상하니 무척 슬퍼졌다. 그리 당당하고 고집스러워 미워 죽겠더니 그 얄미움이 초라함으로 채워졌다. 차라리 말도 안 되는 소리로 나를 속상하게 하던 젊은 날의 당당함이 나을 것 같다. 젊었을 땐 그 당당함을 왜 그렇게 싫어했을까 하며 후회할지도 모르겠다. 조금만 더 받아줄걸. 어차피 나이 먹으면 그러고 싶어도 못 그럴텐데. 문득 우리 아빠 뒷모습과 남편 뒷모습이 겹쳐져 눈물이 한참 났다.

아이 동화책에 나오는 아빠 가시고기 이야기가 떠오른다. 알을 낳은 엄마 가시고기는 떠나고 아빠만 남아 알이 있는 둥지를 지킨다. 새끼들이 부화할 때까지 둥지를 지키며 지느러미를 열심히 휘저어 산소를 공급해주고 다른 물고기들로부터 알을 지킨다.

새끼들이 태어난 이후에도 새끼들이 배에 달린 노른자 주머니를 다 먹을 때까지 보호한다. 먹지도 않고 새끼들을 지키며 자신은 점점 기력을 잃어간다. 아빠 가시고기는 힘이 빠져나가 하얗게 변해버린 몸으로 숨을 헐떡대며 새끼들의 첫 외출을 바라보며 죽어간다. 새끼들은 죽은 아빠 가시고기의 몸을 먹으며 성장한다.

마지막까지 자신의 몸을 새끼들에게 내어주는 가시고기의 부정父情은 형태만 다를 뿐 이 시대의 아빠들과 다르지 않을 것이다. 사랑하는 방법만 다를 뿐이다. 엄마인 나만 내 자식을 제일 잘 알고 제일 사랑하는 것은 아닐 텐데 그런 면에서 남편을 너무 무시했나 싶기도 하다.

지금 이 순간을 소중히 여기는 것은 미래의 시간을 당겨서 사는 것과 같을지도 모른다. 미래의 어느 순간에 지금을 떠올리며 "그땐 그랬는데 좀 더 잘 할걸." 하는 후회보다는 "그때 그랬지 참 잘했어." 하고 만족할 수 있다면 얼마나 좋을까. 순간을 후회 없이 보내는 것은 내가 원하고 그리고 있는 미래를 동시에 살고 있는 것과 같다는 의미이다. 순간순간을 충만하고 행복하게 보낸다면 과거 현재 미래를 동시에 살아갈 수 있다. 그것도 아주 충만하고 행복하게. 옆집 언니의 메신저 대문에는 이렇게 쓰여 있다.

' Time is not measured by clock but by moments.'
시간은 시계가 아닌 순간들로 측정된다.

우는 아이들이, 남편이 어제보다 더 예뻐 보이는 오늘이 될 것 같다. 오늘을 살아야겠다.

변화하기

제주도에서 유명한 분재정원에 간 적이 있다. 수백 년 된 나무부터 천년에 이르는 나무까지 수천 그루의 분재들이 아름답게 가꾸어져 있었다.

수천 개의 화분 바닥에 여러 개의 구멍을 뚫어 배수를 원활히 하고 철사를 동여매어 단단히 중심을 잡도록 했다. 흐트러짐 없는 정갈함과 나무를 향한 고매한 정성에 감탄을 금할 수 없었으나 정작 내 시선을 사로잡은 것은 곳곳에 서 있는 글판의 글이었다. 글 앞에 멈추어서서 나무와 함께 사색할 수 있는 그 시간을 깊게 음미했다.

자연 상태의 나무는 양분이 고갈되거나 뿌리가 노화되면 고사하고 만다. 하지만 분갈이를 주기적으로 해주는 분재식물은 관리만 잘해주면 무제한으로 살 수 있다고 한다.

이는 인간의 삶에도 시사점을 준다. 분갈이를 하는 것처럼 사람은 자신의 고정관념을 잘라주어야 오래 살 수 있다는 글 앞에 한참을 서 있었다. 오래된 생각과 아집을 새로운 생각으로 바꿔 넣으면서 갱신하고 재생할 수 있다는 것이다.

"분재는 뿌리를 잘라주지 않으면 죽고, 사람은 생각을 바꾸지 않으면 빨리 늙는다."

아마 이 분재정원의 핵심 메시지가 아닐까 한다. 생각을 변화시키지 않는 사람은 빨리 늙는다고 했다. 비단 신체적 노화만을 의미하지는 않는다. 정신이 빨리 늙는다는 말이다.

요즘에는 생각의 나이보다 외모의 나이에만 심혈을 기울이는 사람들이 많다. 어떻게든 주름을 펴려고 시술을 하고 물을 들인다. 반면에 나이는 들었어도 젊게 사는 사람들이 있다. 생각이 젊으면 실제로 신체나이 또한 젊어 보이기도 한다.

사람은 나이가 들면서 점점 고집이 세어진다고 한다. 세월과 함께 나의 가치관, 나의 생각 또한 단단해지기 마련이다. 자신이 겪어보았고 생생히 느껴본 경험이야말로 가장 강력하기 때문이다. 책 속의 한 줄 혹은 다른 사람의 경험과 같은 내 밖에 있는 믿음체계는 머리로는 끄덕이지만 진정으로 내 것이 되려면 별도의 노력이 필요하다. 절로 되지 않는다.

나의 생각에 변화를 주기란 결코 쉽지 않다. 내가 살며 겪어온 경험들에 의해 굳건해진 믿음체계가 흔들린다는 것은 대단한 위협으로 느껴질 수밖에 없다. 바로 변화에 대한 두려움이다.

관성대로 편안히 살아왔던 습관을 버리고 새로움을 꾀하려고 할 때의 거부감은 겪어보지 않은 미지의 결과를 마주해야 한다는 두려움이다. 살면서 내가 차곡차곡 쌓아온 나의 믿음체계는 나에 대한 고집스런 관념들의 집합이며, 이는 곧 나를 가두는 감옥이 될 수도 있다. 고인 물이 썩는다는 말처럼 새로움을 받아들이지 않으면 발전이 힘들어진다.

　나를 둘러싼 관념과 고집의 껍질을 깨부수는 데에는 용기가 필요하다. 알 속의 병아리는 힘겹게 제 부리로 열심히 쪼아야만 알껍질을 깨고 나올 수 있다.

　사람 아기도 세상에 나오기 위해 좁은 산도를 통과할 때 모체가 느끼는 고통의 수십 배를 느낀다고 한다. 세상에 공짜가 없다는 위대한 진리를 여지없이 확인할 수 있다. 두려움에 맞서는 용기와 고통이 수반되어야 변화를 맞이할 수 있다.

　부어라 마셔라가 인생의 모토였던 적이 있었다. 술은 취하기 위해 먹는 거라며 주위에 끈질기게 권하는 못된 습관까지 있었다. 주량도 모르고 마셔대니 시쳇말로 '꽐라'가 되어 집에 돌아오기 일쑤였고 같이 살던 내 동생은 욕을 해대며 늘 세숫대야를 침대 아래 대 주었다. 술은 취하기 위해 마신다는 고집스런 믿음을 내려놓기까지 거의 10년이 걸렸다. 이제야 술이라는 매개가 있어야만 유쾌한 분위기를 만들 수 있다는 착각에서 벗어났다. 술 없이도 인생에 취할 수 있다는 의미를 조금은 알게 되면서 더 이상 술이 필요없어졌다.

　술을 마시면 다음날 하루를 또렷한 의식으로 살 수가 없기 때문이기도 했다. 매 순간을 살아야 하는 내게 술이 주는 의미가 퇴색되었다고나 할까. 술을 거의 입에 대지 않자 가장 놀라워한 이들이 우리 가족이었다. 지인들은 믿을 수 없다는 듯이 아쉬워하기도 했다. 요즘은 마시기는 하지만 예전처럼 의식불명의 상태가 되도록 마시지는 않는다. 그리고 싶지도 않다. 나의 놀라운 변화 중 하나다.

나는 소심한 A형이다. 사람의 성격유형을 혈액형 네 가지 타입으로 분류하는 것이 넌센스이기는 하지만 우리나라에서는 그래도 널리 통용되는 관념이다.

A형은 소심, B형은 바람둥이, O형은 성격 무난, AB형은 독특 내지는 사이코라는 우스갯소리는 우리나라 사람이면 대부분 들어보았다. 혈액형별 성격유형이나 운세 따위의 정보는 어린 시절부터 쉽게 접할 수 있었다. 사회가 만든 이러한 틀을 고스란히 받아들인 탓인지 나는 실제로 소심하고 변화를 싫어하는 A형이 되어 있었다. A형 같다는 소리가 듣기 싫어서 누가 혈액형을 물어보면 AO라고 강조하는 소심한 액션을 취하기도 했다. 나의 삶을 돌아보면 주머니에 가만히 있던 송곳이 가끔씩 튀어나오는 것처럼 '나답지' 않은 행동을 할 때가 있었는데 소심함을 탈피하려는 시도였는지도 모른다는 생각을 한다.

실제로 타고난 성격이 소심하지는 않은 것 같은데 혈액형의 신화가 나를 소심하게 만들었나 하는 생각이 든다. 사람 내면이 얼마나 변화무쌍한데 '이 사람은 이렇다'라고 단정 짓는 것은 사실 어폐다. 어떤 상황에서는 대담한 사람이 또 다른 상황에서는 소심해질 수 있는 것이 사람 아니던가.

아무튼 대체적으로 남들 앞에 나서는 것을 그리 즐기지 않는다고 생각했던 나는 남들 앞에 서야만 하는 일을 선택해서 스스로 변화를 꾀했다. 관망하는 편을 선호하지만, 나를 보여줄 필요가 있는 자리에서는 과감히 튀는 행동을 하기도 한다. 1차 입사 면접에서 이대로면 떨어지겠다 싶어 율동과 노래를 해서 합격했다. 그렇게 나는 여러 개의 얼굴을 가지고 살고 있다. 어떤 때는 어떤 모습이 진짜 나인지 헷

변화를 두려워하지 말자. 어차피 이번 생은 한번인데 같은 모습, 같은 생각으로만 살기엔 아깝지 않은가. 이왕이면 이것저것 다 시도해 보고, 내가 가지지 않은 새로운 생각도 받아들이고 살면 삶이 얼마나 다채로워질까. 지구별에 놀러온 우주여행자인 것처럼 편안한 마음가짐으로 날마다 변화하며 살면 참 좋겠다.

갈릴 때마저 있지만 나름의 변화를 계속 시도하고 있다.

회사를 몇 년 다니다가 새로운 나의 흥미와 능력을 발견하고는 과감히 커리어 전환을 시도했다. 사내 교육팀에 있다가 가르치는 일에 매력을 느껴 초중등학생 영어강사로 직업을 바꿨다. 임신과 출산으로 영어강사를 그만두고 육아에만 전념했다. 경단녀로 살다가 애엄마로만 살고 싶지 않아서, 인생을 바꿔보고 싶어서 글쓰기에 도전했고 첫 책을 출간했다. 혼자 집에서 명상을 시작해서 수련하다가 요가에 관심이 생겨서 요가 자격증을 땄고 지금은 요가 강사로 일하고 있다. 사람들의 심신을 어루만지는 일을 하다 보니 힐링 분야에 관심이 생겨 마음공부를 시작했다. 새로운 분야에 계속 도전하며 내 역량의 지평을 넓혀가는 중이다.

'컴포트 존comfort zone, 안락지대'이라는 말이 있다. 인체가 가장 편안함을 느끼는 온도 습도 따위의 범위를 이르는 말이다. 컴포트 존은 내게 익숙한 공간이다. 늘 해오던 대로 습관적으로 행동하기 때문에 편안하다. 무엇보다 결과가 검증되었으므로 실패에 대한 두려움이 없다.

하지만 변화하려는 자에게는 독과 같다. 《의식혁명》의 저자 데이비드 흄키스 박사의 의식도표에 의하면 두려움은 가장 낮은 레벨에 속하는 속성이다. 안락지대를 벗어나려면 이 두려움을 떨치고 나갈 1그람만큼의 용기만 있으면 된다. 신이 주시는 거대한 사랑 안에 있음을 믿고 그냥 한걸음을 내딛을 수 있는 용기만 있다면.

우리 남편은 사우나를 즐긴다. 몸이 찌뿌둥하다고 느낄 때면 사우나에 가서 냉온탕을 오간다고 한다. 그러고 나면 온몸이 개운해지며 컨디션이 살아난다고 말했다. 예전에 남편의 인터넷 닉네임도 '냉탕과 열탕 사이'였다. 몇 년에 한번 찜질방이나 가본 게 다인 나는 무슨 말인지 알지 못했다. 근래에 집근처 헬스장에 등록하면서 함께 있는 목욕탕에 다니게 되었다. 사우나는 들어가 본 적이 있어서 무리 없이 몇 분간 뜨거운 열기로 땀을 빼고 나왔다. 목욕탕엔 냉탕과 온탕이 각각 있었다. 40도가 넘는 온탕에서 물마사지를 하니 나른해지며 온몸이 이완되었다. 온탕에서 나와 바로 냉탕으로 들어가 보라는 남편의 말이 생각났다. 벽면에 냉탕의 온도가 21도라고 나와 있었다. 안 그래도 추위를 많이 타는 나는 도무지 저 차디찬 물에 몸을 담글 엄두를 낼 수가 없었다.

 불혹을 앞두고 건강에 관심이 많아지기 시작하던 참에, 혈액순환에 도움이 된다는 말은 저곳에 들어가 볼까 하는 망설임으로 귀에 메아리쳤다. 죽기야 하겠나 하는 심정으로 발을 담갔다. 시린 기운이 발끝에서 전해진다. 몸서리치며 다리, 허리까지는 들어갔다. 그 다음이 문제였다. 상체를 물에 담그는 것은 용기가 필요했다. 마치 번지점프 하기 전의 비장함마저 감돌았다. 뛰어내리기 전에 한번이라도 망설이면 걸음을 영원히 떼지 못한다고 했다. '에라 모르겠다.' 하고 찬물에 온몸을 집어넣었다. 담그는 순간에 차가움이 훅 감싸왔지만 가만히 앉아 있으니 차가움이 무뎌졌다. 손발을 움직이면 오히려 시려움이 피부에 닿았지만, 가만히 있으면 20도인지 30도인지 느껴지지 않을 만큼 견딜 만했다. 냉탕과 열탕 사이의 첫 경험은 그렇게 시작되었고 지금은 통과의례처럼 목욕탕에 갈 때마다 오가고 있다. 혈관이 팽창되었다가 수축되는 그 느낌에 매료되어 버렸다.

냉탕에 들어가서 '좋다'며 굵직한 신음을 내는 아저씨들을 매스컴에서 볼 때면 변태 같다고 생각했다. 저리 자학적인 행위를 왜 하나 싶었다. 도 닦는 수도승들이나 한겨울에 얼음 깨고 들어가는 줄 알았다. 그랬던 내가 냉탕의 매력에 빠져버렸다. 편안하게 따뜻한 물에서만 머물렀다면 절대로 알지 못했을 건강한 기쁨이다.

《내 치즈는 어디에서 왔을까》에서 헴과 호프를 미로로부터 나오게 한 것은 새로운 신념이었다. 마음을 바꾸어 새로운 신념을 선택할 수 있는 자유가 우리에게 있는 것이다. 기존의 미로에 갇혀서 낡은 치즈만을 바라보고 있지 말고, 미로 밖으로 나와서 새로운 탐험을 시작할 수 있는 용기를 내야 한다.

변화를 두려워하지 말자. 어차피 이번 생은 한번인데 같은 모습, 같은 생각으로만 살기엔 아깝지 않은가. 이왕이면 이것저것 다 시도해보고, 내가 가지지 않은 새로운 생각도 받아들이고 살면 삶이 얼마나 다채로워질까. 지구별에 놀러온 우주여행자인 것처럼 편안한 마음가짐으로 날마다 변화하며 살면 참 좋겠다.

껍질 벗기기

갑자기 피부가 뒤집어졌다. 볼에서 시작한 불긋한 기운은 점점 범위가 넓어지기 시작했다. 오돌토돌해지며 볼 전체를 덮더니 눈 주위에까지 번졌고 급기야 목까지 내려갔다. 두드러기처럼 넓은 범위로 붓는 대신 작게 부어올라 붉고 표면은 거칠었다.

처음 이틀간은 '무얼 잘못 먹었나, 이러다 낫겠지.'하며 별 신경을 쓰지 않았다. 삼 일쯤 되자 걱정이 되기 시작했다. 동네 피부과를 갔더니 약을 지어준다. 원인은 어차피 알려지 검사를 해 보지 않는 이상 알기 힘들다는 식이다. 약을 먹은 지 이틀 정도 지나도 전혀 나을 기미가 보이지 않았다. 다시 이틀 뒤에 다른 피부과를 찾아갔다. 거기서는 전혀 다른 처방을 내려준다. 얼굴이랑 목만 그러니 화장품의 문제라고 확신을 하며 추천하는 로션을 사가란다. 스테로이드 주사까지 맞고 돌아왔다.

그로부터 일주일이 더 지났다. 약도 꼬박꼬박 먹고 메이크업도 전혀 하지 못하고 '나 피부병 환자요.' 하며 '쌩얼'로 일주일을 살았다. 중간에 조금 차도가 있다 싶더니 점점 심해진다. 간지럽기까지 했다. 단순한 피부의 문제가 아닌가 싶어 내과를 찾아갔다. 약봉투를 가져

갔더니 같은 약을 처방해줄 수밖에 없다며 음식을 조심하란다. 자연으로 돌아가야 한다며 단백질을 먹지 말고 감자 같은 자연식품만 먹으라고 한다. 혹시 몰라 바로 옆에 있는 또 다른 피부과에 들어갔다.

그 의사 선생님은 원인은 확실치 않지만 충분히 재발할 수 있다며 먹는 약과 바르는 연고를 처방해 준다. 의사에게 물었다. 살면서 이런 적은 처음이라고. 그러니 의사가 대답하기를 "여기 오는 모든 사람들이 이런 건 처음이라고 말을 해요. 저한텐 그 말이 노이로제일 지경이예요. 누구나 이렇게 갑자기 시작합니다."

피부 트러블이 나기 시작한 지 거의 2주가 지나서야 붉은 기운은 점차 가라앉기 시작했다. 약도 잘 챙겨 먹고 바르라는 로션, 연고도 잘 바르고 음식도 조심했다. 약이 효과가 있었는지 아니면 나을 때가 되어 나은 건지 알 수는 없지만 정말 다행이었다. 음식 때문인지 화장품 때문인지 체질이 바뀌는 중인지 원인은 나도 아직 잘 모르겠다.

다만, 모든 것은 바뀔 수 있다는 것을 절감했다. 평생을 피부 좋다는 소리를 듣고 살아왔다. 단 한 번도 피부로 고민한 적이 없었다. 남들이 화장품이 뭐가 좋네 어떤 건 트러블이 나네 해도 나와는 상관없는 이야기였다. 그 어떤 화장품을 써도 트러블 한번 나지 않았기 때문이다. 음식 또한 마찬가지다. 식품 알러지가 전혀 없어서 아무거나 다 먹고 살아왔다. 그랬던 내가 이제는 다시 발생할지 모르는 피부병 때문에 음식과 화장품을 가려야 하게 생겼다.

호전되는 것 같던 피부가 다시 악화되었다. 낫는 것 같아서 기존에 쓰던 화장품을 다시 바르고 잤더니 다음날 아침 온 얼굴에 붉은 두드러기가 올라왔다. 심지어 간지럽기까지 해서 몹시 괴로웠다. 좀 가라앉는 듯해서 밤에 전혀 다른 종류의 화장품을 바르고 잤더니 그 다음날 아침 또다시 뒤집어졌다. 화학약품이 들어가서 그런가 하여 화장품가게에 들러 100% 호호바 오일을 사서 발랐지만 가라앉는 기미가 보이지 않았다.

피부병이 발병한 지 3주가 다 돼가니 마음이 급해지기 시작했다. 처음 1~2주는 다니기 좀 불편하고 성가신 문제쯤으로 여겼는데 보름이 지나자 이대로 영원히 이런 상태로 살아야 하는 건 아닌지 조급해졌다. 큰 병원을 가봐야 하는 것 아니냐는 주위의 권유에 대학병원을 찾았다. 의사는 전형적인 알러지로 보인다며 쓰는 화장품을 가져와 검사를 하자고 했다. 또다시 약을 처방받고 돌아왔다. 이틀 정도 지나도 별다른 호전증세가 없어 이번엔 한의원을 찾았다.

한의원에서는 피부 겉의 문제가 아니라 내 몸 안의 문제에서 발생했을 거라는 전혀 다른 소견을 내 놓았다. 침을 맞아서인지 두드러기는 서서히 가라앉기 시작했다. 4주가 거의 다 되어가자 두드러기도 가라앉고 결은 매끈해졌지만 아직 울긋불긋한 기운은 남아 있었다. 양약은 모두 끊었고, 한약을 먹기 시작했다.

신체균형이 무너져 회생 불가능한 정도라면 사람은 죽을 것이다. 그게 아닌 경우라면 병이 찾아왔을 때 충분히 쉬고 영양을 공급하면 우리 몸은 자연스럽게 회복을 향해간다. 한 달 동안 이 사실을 망각하고 있었다! 내 몸이 정상적으로 작동할 때까지 한 템포 쉬며 기다렸으면 더 수월했을지도 모를 것을 너무 돌아왔다. 마음의 조급함이 문제였다. 강력한 스테로이드 주사도, 크림도, 약도 듣지 않았던 나의 병은 때가 되니 낫기 시작했다. 뭐든 빨리빨리 해결하고자 하는 급한 마음을 거두어야 한다는 강한 깨달음과 함께 지독했던 피부병은 한 달을 넘겨 서서히 사라졌다.

피부과만 네 군데, 내과도 갔고 한의원에도 갔다. 고작 한 달의 피부병에도 이럴진대 중한 병을 앓는 이들의 심정은 어떨까 하는 생각이 든다. 보통 감기는 길어야 일주일 혹은 2주일이면 낫는다.

자연분만으로 아이를 낳아도 이삼 일이면 거동이 비교적 쉬워지고 일주일이면 겉보기에는 괜찮아지는 것이 일반적이다. 그런데 대수롭지 않은 피부병이 한달동안 지속되자 마음의 평정이 흔들릴 수밖에 없었다. 겉으로 바로 눈에 띄는 얼굴이었기 때문에 더했으리라. 평생 이 얼굴로 살아가야 하나 오만 근심걱정이 다 들어 거울을 들여다보며 한숨을 짓는 게 주된 일과가 되었다. 어느 날은 급기야 거울을 보며 눈물까지 흘렸다.

원인이 무얼까 궁금했지만 어느 병원에서도 시원한 답을 얻을 수는 없었다. 피부질환의 요인이 너무 많고 복합적이긴 하다. 현대의학도 풀지 못한 인체의 신비가 아직도 많은 점을 감안하면 의사들을 탓할 일도 아니다.

그 신비롭고도 미스테리한 내 몸의 메카니즘을 잠깐의 진료로 어찌 알아내겠는가. 그들도 그동안의 경험치로 추측만 할 뿐이다. 결국 내 몸을 가장 잘 아는 사람은 나 자신뿐이다. 내가 내 몸을 잘 알아야지만 의외로 많은 이들이 내 몸과 친하지 않다. 뒤늦게야 몸의 이상을 발견하는 경우가 허다하다. 그동안에 몸이 보내는 신호를 알아채지 못하기 때문이다. 피부질환 역시 내 몸이 나에게 보내는 신호임에

틀림없었다. 그동안의 피로가 누적되어 휴식을 좀 주라는 브레이크일 수도 있다. 하필 잘 보이는 얼굴에 드러낸 것을 보면 그만 돌아다니고 좀 쉬라는 강력한 신호일 테다. 과로로 면역체계가 약해져서 화장품의 자극에 민감해졌을 수도 있고, 몸의 밸런스가 깨져버려 그 틈으로 피부병이 발병했을 수도 있다.

의사들의 다양한 소견은 결국 하나의 결론으로 향한다. 몸의 균형이 깨져서 보내는 신호. 이번에는 피부로 표출되었지만 다음번에는 다른 곳이 아플 수도 있는 일이다.

이 세상에 변하지 않는 유일한 사실은 모든 것은 변한다는 사실뿐이라더니 정말 그렇다. 영원히 아무것도 가리지 않을 것 같던 내 피부가 한순간에 변했다. 어제 무심코 매운 음식을 먹었더니 눈 주위로 작고 붉은 반점이 열꽃처럼 피어올랐다. 그렇게 좋아하던 매운 음식도 조심해야 하나보다.

사실 모든 것은 변하는데 우리는 그 사실을 자주 잊고 사는 것 같다. 의사의 말처럼 전혀 그렇지 않던 사람도 갑자기 변할 수 있는데, 우리는 그 사실을 받아들이기 힘들어한다. '여태 한 번도 그런 적 없었는데' 하며 마치 앞으로도 그런 일은 내게 일어나서는 안 되는 것처럼. 누구에게나 찾아오는 변화일 뿐인데 그 변화를 받아들이기 힘들어한다. 나 역시 사람은 변화를 해야 발전한다는 진리를 가슴 깊이 끌어안고 있으면서도 막상 내게 닥친 사소한 변화에 당황하고 있었다.

내 몸의 변화에 대한 신호인지도 모른다는 생각이 들었다. 체질이 변하면서 작은 자극에도 쉽게 민감해지는 것일 수도 있고, 전체적으로 몸이 변하는 과정이 반영된 걸 수도 있다. 10년을 주기로 변한다는 피부의 시기일 수도 있었다. 몸이 보내는 신호에 민감했어야 했다. 병의 근본적인 요인도 외부에서만 찾으려 말고 안을 들여다볼 필요가 있었다.

비단 피부만의 문제가 아니다. 여자의 경우 생애 몸과 마음의 변화를 크게 몇 번 겪는다. 아주 어린 성장기를 제외하고 청소년기의 2차 성징이 그 첫 번째 관문이다. 이때 몸도 마음도 급격하게 변화를 경험한다.

두 번째는 출산 전후가 아닐까 싶다. 새 생명을 잉태하고 낳고 키우는 과정이 여자의 인생에서는 크나큰 변화이고 관문이다.

세 번째가 갱년기라고 짐작을 한다. 폐경과 함께 겪는 심신의 변화로 실제로 많은 이들이 힘들어한다. 이러한 변화의 시기에는 신체의 급격한 변화를 먼저 겪는다. 그 신체의 변화를 받아들이는 마음이 어떠한가에 따라 굴곡을 부드럽게 넘길 수도 있고, 거칠게 방황할 수도 있다. 많은 이들이 힘들어하는 것을 보면 우리가 얼마나 변화에 대해 질긴 저항감을 가지고 있는지 가늠해 볼 수 있다. '나는 원래 이러이러했어.'라는 관성의 법칙에 따라 기존의 방식대로 살기를 고집하기 때문이다. 변화는 사실 귀찮다. 기존의 습관에서 벗어나 새로운 방식을 세팅해야 하기 때문이다. 하지만 발전을 위해서는 어떤 형태로든 변해야 한다.

한차례 피부병을 앓고 나니 피부 결이 한결 더 매끄러워졌다. '환골탈태'라고나 할까. 한차례 육신의 껍질을 벗겨낸 기분이다. 어느 날 꿈을 꾸었다. 꿈속에서 온 몸의 껍질이 일어나 보기에 몹시 흉했다. 손으로 그 껍질을 벗겨내는 꿈이었다.

오래된 낡은 것을 벗어버리고 변화하는 과정이라고 인터넷 해몽에 풀이되어 있었다. 뱀이 성장하려면 허물을 벗듯이 사람도 기존의 껍질을 벗어버려야 새로운 단계로 도약할 수 있다. 고통스러운 그 과정을 버텨내야만 한다.

피부병이 발병한 지 정확히 1년이 지났다. 1년 전, 한 달이 넘는 기간동안 겪은 고통은 성장통이었던 것 같다. 지나고 나서 보니 심신의 변화의 과정이었다. 피부병은 한 단계 성장을 위한 피치 못할 몸의 선택이었다.

늘 한결같기를 바라는 마음의 이면은 어쩌면 늘 제자리에 있고 싶다는 나태함인지도 모른다. 변화를 두려워말고 낡은 것을 벗어버려야 성장할 수 있다.

말에 담긴 힘

예전에 아이들이랑 곰팡이 실험을 한 적이 있다. 똑같은 크기의 병에 각각 같은 양의 흰밥을 담아 밀폐했다. 큰아이가 한 병에는 "사랑해. 쑥쑥 자라."라고 써 붙이고, 다른 한 병에는 "짜증나. 못생겼어."라고 써 붙였다. 나와 아이들은 생각날 때마다 각 병에다가 대고 종이에 적힌 대로 말했다. 일주일쯤 지나니 곰팡이가 피어나기 시작했다.

좋은 말을 들려준 병에는 그물 같은 흰곰팡이 혹은 살짝 노르스름한 곰팡이가 생겼다. 나쁜 말을 들려준 병에는 시커먼 곰팡이가 마구 피어났다. 두 병의 곰팡이는 육안으로 확연하게 차이가 났다.

신기한 실험결과를 눈으로 직접 본 아이들은 이제 어떤 말을 써야 하는지를 몸소 느끼게 되었다.

말에는 에너지가 담겨 있다. 《언어의 온도》, 《말의 품격》 같은 요즘 인기를 끄는 책들 역시 말에 담긴 힘에 대한 이야기다. 에모토 마사루의 널리 알려진 책 《물은 답을 알고 있다》에서도 말이 가진 힘을 확인할 수 있다. 사랑과 감사의 말을 들려준 물의 결정체는 균형 잡힌 완벽한 아름다운 모습이다.

반면 증오와 저주의 말을 들려준 물 결정체는 비대칭에 깨져 있는 모습이다. 물에게 글로 보여주어도 결과는 같았다. 어느 나라의 말이건 긍정의 말은 깨끗하고 또렷한 모양을, 부정의 말은 형체가 없거나 깨진 형태의 결정을 나타냈다. 말이 가지는 에너지가 물의 결정에 미치는 영향을 눈으로 보여준 이 실험은 전 세계에 파문을 일으켰다. 강연이나 요가 수업에서 사람들에게 이 이야기를 들려주면 그들 역시 놀라움을 금치 못한다.

많은 사람들이 눈에 보이는 것만 믿는 경향이 있다. 논리와 증명에 익숙한 과학적 실증주의 때문이다. 과학적 근거가 없으면 미신으로 치부해버리기 쉽다. 물의 결정 실험은 보이지 않는 말의 힘을 눈으로 직접 보여주었기에 의미가 크다. 에모토 마사루가 책에서 주장하듯, 만물은 진동을 하며 고유의 주파수를 가지고 있다. 같은 주파수는 서로 끌어당기며, 공명한다. 이것이 끌어당김의 법칙의 원리다. 예를 들어 부를 끌어당기고 싶으면 내 안에 이미 부가 존재해야 한다는 말이다.《꿈꾸는 다락방》의 이지성 작가가 꿈을 이루고 싶으면 생생하게 그리라는 주문을 한 이유다. 사랑과 감사는 높은 주파수를 가지고 있으며 높은 에너지를 가지고 있다. 사랑과 감사를 보여준 물이 가장 아름다운 결정을 나타낸 결과가 이를 말해준다. 사람 몸의 70퍼센트 이상이 물로 되어 있음을 감안할 때 우리가 어떤 의식과 말을 사용해야 하는지는 너무나 명백하다.

《불평 없이 살아보기》라는 책을 읽었다. 저자가 미국의 한 목사님인데 21일간 불평 없이 살기에 대해 전하는 책이다. 한 교회에서 시작된 이 운동은 전 세계에 전파되어 많은 이들이 이 미션에 참여하고 있다고 한다. '불평 팔찌'라고 하는 보라색 고무 밴드를 한쪽 손목에 차고 불평의 말을 할 때마다 반대쪽 손목으로 바꿔 낀다. 하나의 습관이 자리 잡기까지 21일이 걸린다고 한다. 단 한 번도 바꿔 끼지 않기를 21일간 성공해야 하는데 보통은 수개월이 걸린다고 한다.

책을 덮고 인터넷에서 보라색 밴드를 수십 개 주문했다. 어린이용도 주문해서 큰아이에게 끼워주고 나도 하나 찼다. 얼마 전 고등학교 동창회에 가서 선생님과 친구들에게도 나눠주었다.

나는 스스로 긍정적인 사람이라 생각해서 큰 무리가 없을 줄 알았다. 불평도 안하는 사람인 줄 알았는데 웬걸, 불평을 불평인 줄도 모르는 사람이었다! 나도 모르게 "아이 씨", "아 진짜"에서부터 비언어적 부정표현인 한숨 쉬기, 비난의 눈초리에 이르기까지 너무나 많은 불평을 쉴 새 없이 하고 있었다. 불평의 말이 입에서 나가기 직전 알아차려야 한다. 매 순간 내가 어떤 생각을 하며, 어떤 말이 입에서 나가려고 하는지에 대해 깨어 있어야 부정의 말을 안 할 수 있다.

나는 아직 하루도 성공 못했지만 처음 팔찌를 꼈을 때보다는 훨씬 불평을 덜하고 있다. 큰아이에게 우선 3일간 성공하면 원하는 놀잇감을 사주기로 했다. 공약 덕분에 아이는 확연히 변했다. 엄마 입장에서는 말 잘 듣는 착한 어린이가 되었다.

아이는 결국 3일 미션에 성공해서 공룡조립로봇을 손에 넣었다. 애들이 더 무섭다. 내가 불평 한마디라도 하면 "엄마, 불평! 팔찌 갈아껴.)라며 난리다. 아이들 성화에 못 이겨 하루에도 몇 번씩 이 손목에서 저 손목으로 갈아 끼고 있다.

전 세계 많은 이들이 참여하고 있는 이 캠페인은 팔찌가 너덜너덜
해지는 과정을 겪으며 긍정과 감사의 인생을 살게 돕고 있다.

앞에도 언급했지만 블로그에 매일 아침 감사 일기를 쓰고 있다. 어
제 하루 있었던 일들을 기억해 내어 감사할 거리를 찾는다. 좋은 일은
좋은 일이라서 감사하고, 나쁜 일은 그런 와중에도 감사함을 찾으려
애쓴다. 예컨대 얼마 전 우리 집에 닥친 재정적 손실에 대해 '잃은 게
있으면 얻는 것도 있음을 알기에 감사합니다.'라고 썼다.

그 글을 본 남편은 경악했지만 나는 실로 그렇게 생각한다. 영원히
좋은 일도 영원히 나쁜 일도 없음을 알기 때문이다. 지금 당장은 악
재지만 예단하기는 이르다. 나중에 어떻게 좋게 작용할지 모를 일이
다. 류시화 시인도 《좋은지 나쁜지 누가 아는가》에서 삶의 여정에서
막힌 길은 하나의 계시라고 했다. 파도는 그냥 치는 법이 없으며 어
떤 파도는 축복이라고 말했다. 바로 눈앞에 보이는 행불행도 삶이라
는 전체적인 그림으로 볼 때는 한 점일 뿐이다.

책 제목처럼 좋은지 나쁜지 누가 알 것인가. 지난 육아강연에서 하
루에 세 가지씩 감사 일기를 써보라고 엄마들에게 권유했다. 그러면
한달 뒤 인생이 변할 거라고. 실제로 감사일기 또는 감사편지로 인생
에 전환점을 맞은 이들의 이야기는 쉽게 접할 수 있다.

사랑과 감사의 말만 하고 살아도 짧은 인생인데 우리는 얼마나
많은 부정덩어리들을 내보내며 살고 있는가. 아이들에게 "사랑해"
나 "고마워"라는 말을 수시로 한다. 등교 전에 현관문 나서는 아이
에게 "사랑해, 재밌는 하루 보내."라고 매일 말하고 자기 전에도 두

하루에 세 가지씩 감사 일기를 써보라고 엄마들에게 권유했다. 그러면 한달 뒤 인생이 변할 거라고. 실제로 감사일기 또는 감사편지로 인생에 전환점을 맞은 이들의 이야기는 쉽게 접할 수 있다.

아이에게 잊지 않고 사랑한다고 말한다.

아이들도 이제는 습관이 되어 내게 틈만 나면 사랑한다고 말한다. 한 지인이 엄마와의 통화 끝에 사랑한다고 말하는 것을 보고 신선한 충격에 빠졌다. 사랑한다는 말은 내게 아직 남편과 부모님께는 아직 어색하기 때문이었다. 고맙다는 말은 자주 하는데 사랑의 표현은 그동안 인색했다. 당장 오늘부터 연습하기를 결심했다.

부모님과 동생이 있는 가족단체 메신저, 시댁식구들이 있는 단체메신저에 김형석 교수의 신문칼럼을 첨부해 다음과 같이 써서 보냈다.

엄마아빠 사랑해.
인생은 60부터래잖아. 제일 행복한 시기가 60~75세래.
지금을 즐기고 살아. 건강하게.

어머님 아버님 사랑해요.
올해 100세인 연대 명예교수 김형석 교수가 쓴 글이예요. 인생은 60부터라는 소리가 괜히 있는 게 아니네요. 60~75세가 인생에서 가장 행복한 시기래요. 제일 행복한 시기를 살고 계시니까 즐기시기를 바라요. 주말 잘 보내세요!

엄마아빠에게는 종종 사랑한다고 말한 적이 있는데, 시부모님께는 한두 번 써본 편지 이외에는 처음이었다. 이렇게 보냈더니 엄마와 시어머니에게 답장이 왔다.

엄마: 그래 고마워! 너희도 건강에 신경 좀 쓰고 재밌게 행복하게 살아라~ 사랑해.

시어머니: 고맙다. 나도 너희들을 많이 많이 사랑한다.

말로는 사랑한다고 절대 표현 안 하시는 분들이다. 사랑은 사랑을 부르는 힘이 있었다! 사랑의 말에 담긴 에너지가 얼마나 강력한지를 눈으로 확인했고 마음으로 느낄 수 있었다.

지금 당장 옆에 있는 사람에게 사랑한다고 말해보기를. 이 글을 읽는 당신도 사랑합니다. 고맙습니다.

일상이
명상이다

아침마다 20~30분씩 명상을 꾸준히 하고 있다. 2년 전 명상을 처음 시작했을 때에는 엉덩이 붙이고 앉아있기가 1분도 힘들었다. 몇 분 지났나 눈을 떠 핸드폰을 보면 채 3분도 지나지 않았을 때가 숱하게 많았다. 모든 것은 연습이라고, 매일 연습을 하고 시간이 흐르니 이제 이삼십 분은 거뜬하다. 몰입했을 때엔 한 시간에 이르기도 한다.

호흡을 통해 내 몸의 흐름을 정렬한다. 호흡에만 집중하다 보면 덜하지만 어느샌가 오만 가지 생각이 들어온다. 생각이 들어왔다가 나가는 것 역시 자연스러운 일이지만 자꾸 딴 데로 새어 나가려는 내 의식을 붙잡는 일은 쉬운 일이 아니다.

마음 챙김mindfulness이라고 들어보았을 것이다. 마음 챙김은 더 이상 불교나 명상에서만 통용되는 용어가 아니다. 몸과 마음에 틈이 없는 현대인들에게 마음 챙김은 힐링 다음으로 필요한, 이 시대의 키워드가 되었다고 해도 과언이 아니다.

마음 챙김이란 현재 순간을 있는 그대로 수용하고 받아들이는 것이다. 어떤 대상이나 생각에 대해 주의를 기울이되 주관적으로 판단

하지 않고 있는 그대로 바라보는 것을 말한다. 말이 쉽지 오감을 통해 접하는 모든 것들을 '있는 그대로' 자각하는 것은 참으로 어렵다. 우리는 의식적으로 '판단'하는 것에 익숙하기 때문이다. 또한 삶이 바쁘다 보니 순간 자체에 집중하기도 여의치 않다.

예를 들어 밥을 먹을 때도 우리는 밥 먹는 행위 자체에 집중하기보다는 이 밥이 맛있네 없네 판단해 버리고, 밥 먹고 해야 할 일에 대한 생각, 지나간 일에 대한 회상이나 후회 따위의 오만 가지 생각을 하곤 한다.

밥 먹는 행위 자체에 집중하기란 이런 것이다. 식탁 위에 흰 쌀밥이 놓여 있다. 김이 모락모락 피어오른다. 숟가락을 집는다. 손끝에 닿는 숟가락 손잡이가 차갑다. 숟가락을 밥공기에 집어넣는다. 따뜻한 밥이라 숟가락이 부드럽게 밥 속으로 들어간다. 한 숟갈 떠서 입에 가져간다. 밥숟가락이 입에 닿기도 전에 침이 고인다. 숟가락을 입안에 넣는다. 차가운 쇠의 감촉과 더불어 입 안 가득 쌀의 따뜻함이 전해진다. 아래턱과 윗턱을 움직여 밥을 씹는다. 쌀이 으스러지며 달짝지근한 맛이 혀에 전해진다. 아랫니와 윗니가 부딪치며 밥을 으깬다. 침과 쌀이 섞여 죽의 형태가 되어 단맛이 계속 느껴진다. 움직임을 멈추고 아랫니 윗니를 앙 다물고 목구멍을 통해 밥을 삼킨다. 식도를 타고 내려간다.

수 초 만에 끝나버리는 밥 한 숟가락을 씹어 삼키는 행위에도 알고 보면 이렇게 많은 순간이 존재하지만 우리는 대부분 얼른 먹어치우기에 바쁘다. 밥 먹는 와중에 이야기를 하거나 잡생각을 하거나 심지어 스마트폰이나 신문에서 눈을 떼지 않기도 한다. 지금 이 순간에 내가 하고 있는 일에 집중하는 것, 내가 무엇을 하고 있는지 매 순간 아는 것이 내 마음을 챙기는 것이다.

《논어》를 보면 공자의 행동 하나하나를 묘사한 부분이 많다. 10편 〈향당〉에는 이런 구절이 있다.

> 당堂에 오르실 때에는 몸을 움츠려 굽히셨고, 숨소리를 죽이시어 마치 숨을 쉬지 않는 사람 같으셨다.
> 발걸음은 보폭을 좁게 하시면서 뒤꿈치를 끄는 듯하셨다.
> 자리가 바르지 않으면 앉지 않으셨다.
> 식사하실 때는 말씀이 없으셨고, 잠자리에서도 말씀이 없으셨다.

이렇게 《논어》는 공자의 행동이나 말에 관한 구체적인 묘사로 가득하다. 그가 어떤 상황에서 어떤 행동을 했는지, 제자들과 어떤 이야기를 나누었는지를 아주 자세하게 알 수 있다.

나는 여태 공자라고 하면 '예禮'를 강조한 분이라고만 여겨왔는데 문득 이런 생각이 들었다. 어쩌면 그 분이 사소한 삶의 순간순간에 집중하신 분이구나. 지금 여기에서 어떻게 살아가는 것인가에 대해 몸으로 직접 보여준 것이다. 나는 그의 삶 자체가 마음 챙김이고 명상이었다고 결론 내렸다.

아는 분 중에 명상을 무척 오래해온 전문가가 있다. 그가 말하는 명상의 범주는 무척이나 넓다. 흔히 명상이라고 하면 가부좌를 틀고 정자세로 앉아 눈을 감고 하는 것으로만 알기 쉽지만 그는 일상의 모든 것이 명상이 될 수 있다고 말한다. 잘 알려진 호흡 명상만 있는 것이 아니라 먹기 명상, 걷기 명상, 춤 명상, 음악 명상 등 일상의 여러 부분이 명상이 될 수 있다.

위에서 언급한 음식을 먹는 행위도 어떻게 하느냐에 따라 명상이 되기도 한다.

걷기 명상은 템플스테이 같은 프로그램에 포함되어 있기도 하다. 꼭 숲길걷기가 아니더라도 가능하다. 쉽게 말하면 오로지 걷는 행위에만 의식을 집중하는 것이다. 오른발을 먼저 내민다. 오른발 뒤꿈치가 먼저 바닥에 닿는 느낌, 그다음 발바닥 중앙부분, 발가락 순으로 땅에 발이 닿는 감촉을 오롯이 느낀다.

손과 발, 몸통 전체가 어떤 움직임으로 조화를 이루며 움직이는지, 걸음마다 땅이 만들어 내는 소리, 오감을 열고 느껴지는 감각에 집중한다.

예전에 명상 리트릿을 가서 춤 명상을 접한 적이 있다. 직접 북을 치며 점점 춤사위에 몰입되는 무아지경을 경험했다. 처음에는 어색해서 쭈뼛거렸지만 나중에는 손에 감각이 없어질 정도로 북을 치며 춤과 혼연일체가 되었다. 마치 난타공연의 안무가들처럼 정신없이 북을 두드릴 때 오로지 몸의 감각만이 지배했다. 잡생각이 머릿속을 비집고 들어올 새가 없었다. 이것이 춤 명상의 효과였다.

음악 명상은 그냥 음악을 듣는 명상법이다. 거창하게 명상법이라고 명명할 것도 없이 그냥 들리는 소리에만 집중하는 행위다. 유튜브에 명상음악이라고 검색해보면 어마어마하게 많은 명상음악들이 나온다. 자연의 소리가 될 수도 있고 다양한 음역Hz으로 취향에 맞게 골라 들을 수 있다. 그러한 음악을 들으며 잡생각을 떨치고 마음이 차분해지는 것만으로도 충분하다.

예전에 명상원에서 일할 때 그 곳에서는 설거지나 청소를 생활 명상이라 불렀다. 설거지할 때는 설거지하는 행위에만, 청소할 때는 청소하는 행위에만 집중하는 것, 그것이 설거지 명상이고 청소 명상이다.

달리기를 하다 보니 달리기도 명상임을 경험했다. 달리다 보면 '나'는 어느덧 사라지고 오로지 달리는 행위만이 존재한다. 달리기 위한 손발의 움직임, 호흡, 신발이 땅바닥에 닿는 소리만이 조화롭게 어우러지고 상념이 사라졌다. 제주도로 이사 간 한 지인은 봄이 되어 오름을 오르며 고사리를 꺾으며 느꼈다고 했다. '이게 명상이구나, 고사리 명상.' 고사리를 찾아 고사리를 꺾는 행위에만 몰입하는 순간인 것이다. 일상에서 이처럼 하나의 행위에 몰두하여 다른 사념을 잊는 순간이 다름 아닌 명상이다.

예전에는 명상이 신비주의나 밀교의 종교적 색채를 띠고 있다는 오해를 많이 받았다. 요즘은 오프라윈프리나 스티브 잡스와 같은 유명 인사들이 성공한 이유로 명상을 꼽았다는 사실을 매스컴에서 심심치 않게 접할 수 있다.

구글이나 야후, 삼성 같은 세계 유수 대기업들이 사내 명상을 실시한다는 사실이 더 이상 새롭지가 않은 시대다. 월스트리트저널에 따르면 미국 성인의 14%가 명상을 경험한 바 있으며 최근 5년동안 명상 인구가 3배 이상 증가했다고 한다. 최근 3년간 개발된 명상 앱은 2,000개 이상으로 명상 산업의 규모는 12억 달러로 평가된다고 한다. 명상이 더 이상 특정인들이 도를 닦기 위해 하는 행위가 아니라 일반인들의 '웰니스wellness' 혹은 '셀프케어self-care의 도구로 활용되고 있다. 스트레스를 많이 받는 현대인들에게 힐링 도구로써 역할을 수행하는 것이다.

요가 수업할 때 가끔 명상을 지도하다 보면 자꾸 잡생각이 난다고 토로하는 사람들이 대부분이다. 잡생각이 떠오르는 것은 자연스러운 현상이다. 나도 처음에 명상을 하려고 자리에 앉아 눈을 감으면 계속해서 꼬리에 꼬리를 무는 생각 때문에 몹시 괴로웠다. 나중에 보니 그럴 필요가 없었다. 생각이 떠오르면 떠오르는 대로, 나가면 나가는 대로 지켜보면 그만이었다. 오히려 '나는 왜 이렇게 집중을 못할까' 하는 생각이 더욱 방해가 될 뿐이었다. 잡생각이 드나드는 것을 옳고 그르다는 판단없이 지켜보다 보면 어느 순간 아무 생각이 없어지는 찰나의 순간이 온다. 연습을 하면 할수록 그 찰나가 점점 길어지게 된다.

명상의 가장 큰 장점은 과거나 미래가 아닌 현재에 집중할 수 있다는 것이다. 잡생각은 과거나 미래에 대한 것들이다. 가만히 생각해 보라. 지금 떠오르는 잡생각이 지금 이 순간에 대한 것이 있는지. 들숨과 날숨에만 온 주의와 관심을 기울이며 오롯이 현존하는 것, 지금 이 순간을 사는 법을 연습하는 것이 명상이다. 매순간을 살아가고 있다면 당신은 이미 일상이 명상이 삶을 사는 중인 것이다.

CHAPTER

6

나는
누구인가

나는 내가
소중하다

여자의 삶에 있어 임신과 출산, 그리고 육아라는 것은 크나큰 터닝 포인트다. 그 전의 어떤 변화의 계기도 이보다 강력할 수는 없을 것이다. 여자의 인생을 통틀어 볼 때, 생후 폭발 성장시기와 2차성징기의 신체의 변화를 제외하고는 엄마가 되는 과정만큼 심신에 드라마틱한 변화를 가져다주는 것도 없다.

임신한 열 달 동안 부풀어 오르는 배와 나날이 느는 몸무게, 그밖에 각종 신체의 변화가 낯설고 두려운 여자들이 생각보다 많다. 다시는 못 돌아가면 어떡할까 하는 두려움, 소화 불량에 더해 부른 배로 잠 설치는 나날도 많다. 간혹 태동하는 아이를 느낄 때면 생소하고도 신기한 행복감이 들기도 하지만 임신 열 달은 대부분 힘들다는 쪽에 축이 기울 것이다. 막달쯤 되면 그저 얼른 빼내고 싶은 생각뿐이니까.

출산을 했다. 아이가 배 밖으로 나오고 나면 배가 쏙 들어갈 줄 알았다. 출산 직후 화장실에서 상의를 걷어내고 처음 마주한 나의 배는 경악 자체였다. 바람 빠진 풍선마냥 탄력 없이 축 늘어진 뱃가죽이라니. 게다가 여전히 아이가 들어있는 것처럼 여전히 불러 있기까지 하다. 몇 개월 지나면 서서히 배가 들어가지만 절대 임신 전처럼 돌아가지는 않는다. 출산하고도 탄탄한 복부를 자랑하는 이들은 필시 피나는 노력 또는 시술(?) 때문이리라. 출산은 여자의 복부에 돌이킬 수 없는 변화를 가져다준다. 슬프게도 아무리 납작한 배를 자랑하는 여성이라도 출산 경험이 있으면 탄력은 예전만 못한 경우를 많이 봐왔다.

육아는 또 어떤가. 어린 아이의 엄마들에게 지금 가장 원하는 게 무엇이냐고 묻는다면 대부분 혼자만의 시간을 갖는 것이라고 답할 것이다. 아이가 24시간 붙어 있는 나에게 멍 때리는 시간이라도 좋으니 혼자만 있게 해달라는 절박한 심정의 나날들이었다.

밤에 수시로 깨는 아이 때문에 다크써클이 턱까지 내려와서는 멍한 상태로 하루하루를 보냈다. 내 몸이 피곤하고 힘드니 마음을 돌볼 겨를 따위는 없었다. 그저 힘든 이 시간이 얼른 지나가기만을 바랐다.

내 몸이 힘들다 보니 첫아이를 키우던 1~2년 동안은 아이가 예쁜 줄도 잘 몰랐던 것 같다. 아이가 세 돌쯤 돼서 그나마 숨통이 좀 트이게 되어 그때부터는 아이가 참 예뻤다. 그 전에는 약간은 강제적인 모성이 아니었나 싶다. 모성은 본능이라는데 그런 본능이 나에게는 없었는지 엄마라면 그냥 이렇게 해야 한다는 의무감으로 해냈던 것 같다.

차라리 아이를 낳지 말았어야 했나 하는 생각이 들 때가 있다. 나는 아이보다 내가 더 소중하다고 생각하는데 이런 내가 엄마 될 자격이 있나 싶은 마음이 불쑥불쑥 들었다. 뭣도 모르던 시절에 결혼해서 당연히 아이를 낳아야 하는 줄 알았으니 아이를 둘씩이나 낳았지 지금의 마인드로 그 시절로 돌아간다면 아이를 낳을 수 있었을까 의문이다. 내 뱃속에서 나온 아이들을 바라보면 물론 예쁘다. 눈에 넣어도 안 아프다는 표현이 어쩜 그렇게 절묘한지 감탄사가 절로 나온다.

하지만 아이들과는 별개의 문제로, 나만의 삶을 생각하면 심경은 복잡해진다. 결혼과 출산이 내 삶을 송두리째 흔들어 놓았다는 생각을 하지 않을 수가 없다. 좋은 점, 행복한 점도 많지만 반대급부로 포기해야 하는 것들도 많기 때문이다.

아직 해보지 못한 것들도 많고, 하고 싶은 것들도 많은데 다 하고 살기에는 현실적으로 힘들다. 당장 아이들을 누군가에게 맡겨야 하고 남편의 동의도 얻어야 한다. 내가 하고 싶다고 다 하고 살 수는 없는 상황에 답답할 때가 많다. 아이들도 아이들이지만 내겐 내 삶이 무척 소중하기 때문이다.

우리나라는 특히 결혼하고 아이를 낳고 나면 '아내' 혹은 '아이엄마'라는 정체성에만 포커스를 맞추는 것 같다.

아내와 아이엄마를 합쳐서 부르기 좋은 말도 있다. 바로 '아줌마'다. 남자, 여자, 그리고 제3의 성으로 분류된다는 아줌마. 한 여자로서의 정체성을 존중받기 힘든 사회구조랄까. "애 엄마가 어딜", "아줌마가 어떻게"라는 말을 아무렇지도 않게 듣고 산다.

나 개인의 삶을 살고 싶다는 열망에 사회는 죄책감을 심어준다. 내가 나로 살아가면 이기적인 아내, 철없는 엄마라는 소리를 들어야 한다. 그래서 이 시대의 엄마들은 마음이 아프다. 모이면 남편 흉보고 아이 교육이야기를 하며 시간가는 줄 모르지만 거기엔 나의 이야기가 빠져있다. 아이 낳고 키우는 동안 나를 사랑하는 법을 잊어버렸기 때문이다.

큰아이가 초등학교에 입학할 때 주변에서는 학부모 되는 심정이 어떠냐, 초등준비는 많이 시켰냐 물었지만 정작 나는 별 생각이 없었다. 어린이집에서 학교로, 기관의 이동일 뿐 어떤 변화도 실은 잘 못 느꼈다. 초등준비라 해봤자 한글 대충 읽고 쓰니깐 그거면 충분하다고 생각하는데 남들은 아닌 모양이다.

입학 전 겨울방학에 수학문제집도 풀어야 하고 교과연계 동화책도 들여서 읽어주어야 한다고 조언을 들었다. 물론 하면 나쁠 거야 없겠지만 나는 당시 내 일이 너무 바빠 아이의 초등준비에 신경 쓸 틈이 없었다. 1학년 첫 등굣날과 그 다음날 이틀 빼고는 학교에 데려다준 적도 없다. 하교 때도 교문 앞으로 아이를 데리러 가는 엄마들이 많지만 나는 교문 앞에 가본 횟수가 다섯 번도 채 되지 않는다.

학교 끝나면 아이가 알아서 태권도장에 가고 자기 스케줄대로 움직이도록 훈련시켰다. 1학년 학기 초에 엄마들이 내게 "○○이는 혼자 등하교하고 어쩜 그렇게 씩씩해요?"라고 물어오곤 했다. 나는 그들에게 묻고 싶었다. "어떻게 그렇게 매일 데리러 가세요? 대단하세요." 내 일 때문도 있었지만 엄마들의 그 정성에 감복했다.

반면 나는 아이한테 너무 무신경한 엄마인가 하는 생각이 들긴 하지만, 아이가 건강하게 잘 크고 있으니 그거면 충분하다며 자기위안 중이다.

강남에서 십년 전부터 유행했다는 '지문검사'를 얼마 전에 해 보았다. 지인의 소개로, 아이의 성향을 검사해서 학습, 진로 컨설팅을 잘

해주신다는 담당 선생님을 찾아갔다.

큰아이 검사를 하는 김에 궁금한 나머지 내 지문도 검사를 했다. 지문을 찍으시며 선생님이 내게 말했다. "미진씨는 아이들보다 본인이 더 중요한 사람이네요." 깜짝 놀라 어떻게 아셨냐며 반문했다.

나는 아이보다 나를 더 사랑하는 것 같아 여전히 죄책감이 들 때도 있고 이래도 되나 헷갈리기도 한다. 《나는 아이보다 나를 더 사랑한다》라는 공감 가는 책도 있고, '엄마도 여자다.' 라는 주제로 많은 책이 나와 있다. 그런 책들을 읽으며 '그래, 난 잘 하고 있어.'라고 위안을 삼지만 막상 주변에 보면 내가 제일 불량한 엄마 같다는 느낌을 받는다. 아이에게만 집중하는 경우가 일반적이다. 아이의 공부나 진로에 올인해서 하루종일 학원 통학시켜 주는 엄마도 많다. 아이에게 매일 몇 첩 반상으로 정성스러운 식사를 준비하는 엄마도 봤다. 친구 집에 놀러갔다 온 큰아이는 그집 엄마 밥이 진짜 맛있었다고, 그 엄마 요리는 상급, 나더러는 중급이란다. 요리야 내가 워낙 소질이 없으니 그렇다 치고, 나의 스케줄을 온통 아이한테 맞추는 이들이 대단해 보였다.

나는 내 일정에 맞춰 아이의 일정을 짜는 편이다. 내 생활이 침해 당하면 몹시 짜증스럽다. 나는 엄마이기 이전에 한 여자이고, 인간이기에 엄마의 삶보다는 내 삶을 살고 싶기 때문이다. 아이들이 훗날 나를 멋지게 자기인생을 산 엄마로 기억해 주었으면 좋겠다. 그런 나의 뒷모습을 보고 자란 아이들 역시 자기 인생을 즐겁게 영위해 나가리라고 믿고 있다. 내가 나를, 내 인생을 1순위로 사랑하지 않으면 다른 이에게 사랑을 주기 힘들지 않을까. 그래서 나는 내가 먼저인 삶을 살고 있다.

얼마전 독서모임에서 한 분이 말했다. 자기는 가족들을 우선순위로 삼고 사는 게 마음 편하고 행복하다고. 본인이 마음 편한대로 사는 것이 정답이다. 어느 것이 맞고 틀리고의 문제가 아닌 거다.

여전히 '내가 너무 이기적인가.'라며 헷갈릴 때가 있지만 나를 있는 그대로 받아들이기로 했다. 내가 그런 사람인 걸 어쩌겠는가. 사람마다 생김새가 다르듯이 생각도 의식도 삶의 방향도 다를 수밖에 없다. 이런 고뇌와 힘듦이 있기에 여자가 성장해가는 것 같다.

꿈은 변한다

"너는 커서 뭐가 되고 싶니?", "너는 꿈이 뭐니?" 어린 시절에 들을 수 있는 단골 질문이다. 앞에서 썼듯이 천문학자에 대한 꿈이 있었지만 어린 마음에도 비현실적이라 느꼈는지 입 밖에 낸 적은 없었다.

초등학생 시절 나의 공식적인 대답은 대학교수였다. 대학교수가 어떤 직업인지도 모르면서 엄마아빠가 좋다고 하니까 그냥 그렇게 대답하곤 했다. 중학교까지도 장래희망 적는 칸에 그렇게 적어냈던 것 같다. 대학교수 말고는 딱히 해보고 싶은 직업이 없었기에 막연히 내 장래희망을 그렇게 끼워 맞춰두었다. 친정집 오래된 내 책상에서 발견한 열네 살 나의 꿈 목록은 이러했다.

1. 대학교수가 되어 새 나라의 인재를 기르는 데 힘쓰겠다.
2. 세계 일주를 하고 싶다.
3. '콜리'라는 개를 사서 기르고 싶다.
4. 좋은 배우자 만나서 부모님과 함께 한 지붕 아래에서 행복하게 살고 싶다.
5. 그림도 그리고 좋은 소설, 좋은 시, 아동을 위한 동화도 많이 쓰

겠다.

고등학생이 되어서야 십 년 가까이 한결같던 장래희망-대학교수
이 드디어 바뀌었다. 당시 문학 선생님이 나를 예뻐하셨는데 문학수
업시간마다 내게 책읽기를 시키셨다. 문장마다 내 발음을 고쳐주며
아나운서 특급(?) 훈련을 수업시간마다 했다.

그때부터였는지 여하튼 장래희망 1번을 기자 혹은 아나운서로 적
어내기 시작했다. 신문방송학과는 당시 굉장히 인기가 많은 학과였
다. 모의고사 결과가 나오는 날에는 각 대학의 신문방송학과 커트라
인과 내 성적을 비교해보며 잦은 한숨을 토해내곤 했다.

나의 수능성적으로는 신문방송학과에 지원할 수가 없었다. 현실과
타협해서 성적에 맞는 과를 지원해야 했다. 여대 영문과는 여자가 살
아가기에 무난하다 하시며, 나의 고3 담임선생님은 정시도 아닌 특차
로 하향지원을 권유했고 그렇게 나는 여대 영문과를 다니게 되었다.

남녀공학을 다니며 즐길 수 있는 낭만을 느껴보지 못했던 아쉬움
과 편입준비를 한다고 방황했던 나날들을 빼고는 나의 대학시절은 무
난했다. 방송일에 대한 미련을 버리지 못해 어느 위성방송사에서 인
턴을 하기도 했지만 본격적인 도전으로 이어지진 못했다. 스튜어디
스가 되어 세계 각지를 다니고 싶어 승무원학원 주변을 서성여 보기
도 했지만 비싼 학비와 작은 키 때문에 포기해야 했다.

나의 꿈은 매우 현실적으로 그저 졸업 후 좋은 회사에 취직하는 것
으로 바뀌었다. 요새만큼 취업이 힘든 시기는 아니었지만 이름이라
도 들어본 회사에 들어가기란 역시 바늘구멍이었다. 변변치 못한 나

의 스펙으로는 대기업의 단단한 관문을 통과하기에 벅찼다. 4학년 2학기 때 대기업 신입사원 모집공고가 뜰 때마다 원서를 넣었지만 '아쉽지만 더 좋은 인연으로 만나자'는 메일만 열어야 했다.

그러던 중 운명의 회사를 만났다. 지금의 남편을 만난 곳이니 운명의 회사가 맞긴 맞다. '바로 여기야!'라는 느낌이 왔던 것 같다. 여기에는 기필코 들어가고야 말겠다는 일념으로 필사적으로 임했고 입사에 성공했다.

세계적으로 이름 있는 글로벌 기업이라 어깨에 힘도 들어갔을 뿐 아니라, 당시에는 세상을 다 가진 기분이었다. 그랬음에도 불구하고 현실과 이상은 들어맞기 쉽지 않은 법이다. 신입사원의 패기와 열정은 현실을 살아가는 직장인의 매너리즘에 퇴색되어 가고 있었다.

지금 돌이켜 보면 뭐가 그리 힘들었을까 싶은 일에 모든 것을 다 잃은 양 지쳐갔고 직장생활에 염증을 느끼고 있었다. 지금도 만남을 이어가는 나의 소중한 입사동기들 중 한 명인 지금의 남편과 결혼을 하게 되었고 결혼하고 몇 달 후 회사를 그만두었다.

남들이 보면 취집이라 할 법한 상황이었으나 나의 계산은 달랐다. 어차피 결혼하면 애를 낳아야 한다고 생각했기 때문에 애를 낳고도 이어갈 수 있는 커리어가 필요했다. 맞벌이가 힘든 집안 분위기라 어차피 언젠가 그만두어야 할 회사였다.

회사에서 교육 관련 일을 했는데 누군가를 가르치는 일에 흥미가 있는 나를 알게 되었다. 나의 전공과 교육을 접목시켜 할 수 있는 일, 영어 교육일을 해 보기로 결정했다. 다행히 경력도 없는 나를 어느 초중등 영어학원에서 받아주어 일하게 되었다. 당시 초등학생들을 가르쳤는데 회사보다 스트레스도 적고, 적당한 근무시간에 적당한 페이를 받을 수 있어 편히 일할 수 있었다. 중학교 방과 후 학교 강사로도 일했다.

현재에 만족하지 못하고 자꾸 욕심이 생기기에 사람이 괴로워지는 법이라지만, 그런 욕심은 때론 또 다른 도전의 씨앗이 되기도 한다. 사설학원에서 아이들을 가르치다 보니 공교육에 진입하고 싶은 욕심이 생겼고, 고심 끝에 교육대학원 영어교육학과에 진학을 했다.

3학기를 마칠 무렵 아이를 낳게 되어 휴학을 했다. 아이가 두 돌이 되어갈 무렵 다시 학교를 다닐 수 있었다. 생각지도 못했던 둘째아이의 출산으로 5학기만 수료하고 논문을 쓰지 못한 상태다. 대학원 생활 2년 반 중에 1년은 배불러 다닌 기억이다.

지금도 주위에서는 왜 논문 안 쓰냐고, 돈 아깝지 않냐고들 하지만 두 아이의 육아로 논문을 감히 시작할 수가 없었다. 논문을 쓰려면 교육현장에서 일하며 교육실험을 해야 했는데, 학위를 받자고 아이들을 다른 이에게 맡겨가며 일을 하고 싶지는 않았다. 그렇게까지 해서 선생님이 되어야 하나 싶은 생각이 들기 시작했다. 또다시 치열한 도전에 임하기가 두려웠던 것 같다. 대학원에 들어간 교육비를 생각하면 여전히 속이 쓰리다. 논문은 아이들이 좀 자라면 그때 다시 방법을 생각해 보자며 완성하지 못한 나의 숙제로 남아있다.

아이들이 둘 다 어린이집에 다니기 시작하니 혼자만의 시간이 생겼다. 둘째아이가 어린이집에 다니기 시작한 해에는 그동안 놀지 못

'나는 다양한 꿈을 꾸는 호기심 많은 사람이야.'라고 스스로를
인정해 주었으면 좋겠다. 꿈은 꾸라고 있는 거니까. 혹시나 꿈
이 없어도 괜찮다. 지금부터 꾸면 되니까.

한 시간을 보상이라도 받으려는 듯 열심히 놀았다.

　그러다 보니 어느 순간 다시 무언가를 하고 싶다는 생각이 들기 시작했다. 우연히 알게 된 글쓰기 과정에 1초의 망설임도 없이 덜컥 등록을 하고 수강을 했다. 누구나 책을 쓸 수 있다는 강사님의 격려에 고무되어 한 달 정도 미친 듯이 글을 썼고 나의 책이 출간되었다.

　언젠가 내 책을 쓰고 싶다는 막연한 꿈이 실현되는 순간이었다. 갑자기 작가라는 타이틀을 갖게 되었고 많은 변화가 생겼다. 집에서 엄마라는 타이틀로만 살다가 또 다른 나의 가능성을 발견하게 해준 너무나 값진 경험이었다. 나는 새로운 꿈을 꾸기 시작했다. 작가가 되고 나니 강연할 기회가 생겼다. 출판 강연회를 비롯해 독서모임의 강연에도 연사로 섰다. 마트 문화센터에서도 연락이 와서 지난 겨울학기에 서울 경기 지역에 출강을 나가 엄마들에게 위로와 공감과 희망의 메시지를 전했다.

　명상을 시작한 지 이제 2년이 넘었다. 꾸준히 하다보니 비약적인 변화까지는 아니지만 서서히 의식이 확장되는 것을 느낄 수 있었다. 몸과 마음은 조화를 이루어야 한다.

　어느 하나만 앞서가면 균형이 깨져, 더 나아갈 수가 없다. 명상을 시작하고 반년쯤 지나, 정신뿐만 아니라 내 몸을 단련해야겠다는 생각이 들었다. 몇 달간 주민센터의 피트니스를 다니다가 그만둔 상태였다. 요가의 정신에 매료된 참이니까 요가를 시작해야겠다고 마음먹었다. 그냥 배우는 것도 좋지만 이왕이면 지도자 과정을 밟아서 강사 자격증도 따고 더 정확한 동작도 익혀 볼 요량이었다.

그래서 힘들게 요가 지도자 과정을 이수했고 우여곡절 끝에 지금 요가 강사로 일하고 있다. 심신을 깊게 수련하는 요기니가 되어야겠다는 새로운 꿈을 꾸는 중이다.

지금은 사람의 마음을 치유해줄 수 있는 힐링에 대한 공부를 하고 있다. 이제는 다른 이들의 몸과 마음을 모두 치유해 줄 수 있는 요가 명상센터의 꿈을 꾸고 있다.

내 블로그 대문에는 이렇게 적혀 있다.

《흉내육아 vs 진짜육아》 저자
두 아이의 엄마
요가 강사
엄마코칭 강연가
다양한 명함으로 지금 여기에서 읽고 쓰고 명상하며 성장하는 삶을 살아갑니다.

명함이 다양하다. 누군가의 관점으로는 비전문적으로 보일 수도 있다. 남편이 내게 우스갯소리로 '뭐든지 가르쳐드립니다.'라는 간판을 내걸고 가게를 차려보라고 했다.

영어, 육아, 글쓰기, 요가 등을 주제로 가르치란다. 남편은 한우물만 파는 게 정답이라고 생각하며 이런 나를 이해하기 힘들어한다. 하지만 나는 늘 변할 수 있는 것이 꿈이며, 변화하는 꿈에 도전할 수 있는 것이 용기라고 생각한다. 어떤 꿈을 꾸든지 내가 성장할 수 있는 기회라면 그것으로 충분하지 않을까? 너무 쉽게 포기하라는 뜻은 아니지만 이거 해보다 안 되면 저것도 해보고, 그런 과정을 통해 나를 더 알아갈 수 있지 않을까.

내가 누구이며 어떤 것을 잘하는지, 좋아하는지를 모르는 사람이 의외로 많다. 어른이 되어 현실을 살아가다 보면 그런 여유가 없다고는 하지만, 우리에겐 나를 탐색할 수 있는 시간이 너무나 부족하다. 그러니 내가 나를 모르겠는 현상이 벌어지는 것이다.

한참 전에 재미로 사주를 보러 간 적이 있다. 그분이 말하길, 나는 재주가 많고 전생부터 공부를 많이 해온 사람이란다. 이것저것 많이 공부하긴 하지만 결실을 본 게 적다며 이제는 결실을 맺어보라고 했다.

끝맺음이 약한 나의 치명적 단점에 뜨끔했지만 그게 나인 걸 어쩌겠는가. 솔직히 고백하면, 아직 이게 내 길이다 싶은 일이 무엇인지 잘 모르겠다. 그래서 당장은 요가 티칭도 하고 글도 쓰고 있다. 즐거우니까 열심히 하고 있다. 그러다 보면 무엇이든 결실을 맺게 되겠지 하며 마음 편히 살아가려고 한다.

이것저것 꽂히는 대로 도전하며 하고 싶은 일을 하며 살고 싶다. 그러다 보면 진짜 나의 꿈, 나의 길을 찾을 수 있지 않을까. 좀 변덕스러우면 어떤가. 삶이 꼭 한 가지 길로만 이어지라는 법은 없으니까. 다가오는 미래사회에는 직업이 최소한 세 가지는 있어야 한다는 전문가들의 말이 반갑다.

초등학생 권장도서 중에 《존 아저씨의 꿈의 목록》이라는 책이 있다. 실존인물인 존 고다드가 15살 때 적은 꿈의 목록은 127가지였다. 그 중 111개의 꿈을 이루었고, 500여 개로 늘어난 꿈을 대부분 이뤄 냈다. 강연할 때 엄마들에게 아이들에게만 꿈을 강요하지 말고 엄마 인 나부터 꿈을 꾸어야 한다고 강조를 했다.

아무리 현실이 팍팍해도 꿈꾸는 어른이면 좋겠다. 꿈은 아이들만 꾸는 게 아니다. 혹시 당신도 매번 꿈이 바뀐다면 인내와 끈기가 없 다고 스스로를 비난하기 보다는 '나는 다양한 꿈을 꾸는 호기심 많은 사람이야.'라고 스스로를 인정해 주었으면 좋겠다. 꿈은 꾸라고 있는 거니까. 혹시나 꿈이 없어도 괜찮다. 지금부터 꾸면 되니까.

좌뇌형 인간

누구나 살면서 한번쯤은 성격유형검사를 해볼 기회가 있다. 하다 못해 재미로 보는 혈액형별 유형부터 별자리별 성격이나 운세도 있다. 회사에 다니면서 MBTI 성격유형검사를 두 번인가 한 적이 있다.

MBTI는 나의 행동패턴에 대한 수백문항에 예 아니오로 체크해서 성격을 16가지의 유형으로 분류한다. 두 번이 약간 비슷한 듯 다르게 나왔는데 사교형 정도로 나왔던 것 같다.

스스로 체크하는 검사다 보니 정말 솔직하게 있는 그대로 체크해야 정확도가 높아진다. 솔직히 말하면 당시에 내가 지향하는 모습으로 체크했던 것 같다. 스스로 대인관계가 좋고 감정에 충실하며 따뜻한 인간이기를 바랐다. 그런 욕구가 결과에 반영되었을 것이다. 처음 실시했던 때가 신입사원 때였다. 성격을 파악해 업무배치에 참고하려는 용도였을 것이다. 영업부 소속이었기 때문에 가능한 활달하고 사교적인 성향으로 나왔으면 하고 바랐다. 그에 맞는 항목에 체크를 했을 테니 사교적인 성향이라는 검사결과는 당연했다.

고등학교 때 제일 친한 단짝친구가 있었다. 거의 3년을 붙어 다녔는데 참 성격이 맞지 않았다. 다른 친구와는 거의 싸울 일이 없었는데 유독 그 친구와 매일 싸웠다.

절교했다가 화해하기를 수십 번은 한 것 같다. 대학생이 되어서도 자취하는 집이 같은 동네라 자주 보며 자주 싸웠다. 다른 친구들은 그런 우리를 보며 웃었고 동시에 신기해했다.

고등학생이었던 어느 날, 역시 말다툼을 했는데 그 친구가 내게 그랬다. "넌 너무 차갑고 냉정해." 늘 웃는 인상에 사람 좋다는 말에 익숙한 나였는데 그 말에 충격을 받았다.

가장 가까운 친구가 그런 평가를 했다는 사실이 믿기지가 않았다. 성격 좋고 인간미 넘치는 사람이 되고 싶은 내게는 너무나 가혹한 평가였다. 믿고 싶지 않았다.

나는 모르는 사람과도 대화를 잘 하는 편이다. 하지만 대중 앞에 서면 떨리고 몹시 긴장된다. 회사 다닐 때 대그룹 앞에서 발표해야 할 일이 많았다. 대부분 준비를 많이 해서 무리 없이 소화했지만 그 상황이 마음 편하지만은 않았다. 나는 소그룹에서 이야기하는 게 마음 편한 사람이었다.

회사사람들은 나를 매우 외향적이며 활달한 사람으로 생각했다. 내향성도 상당부분 가지고 있었기 때문에 내적 갈등이 심했다. 회사에서 늘 외향적인 사람의 가면을 쓰고 있어야 해서 괴로울 때가 있었다. 그때는 내가 내향적인 모습을 가지고 있다는 사실을 인정하고 싶지 않았다는 표현이 맞을 것 같다. 있는 그대로의 내 모습을 좀 더 고찰하는 대신, 믿고 싶은 대로 믿고 있었다.

상반된 나의 모습에 당황하는 이십대를 지나 삼십대가 되어서야 진짜 나의 모습을 인정하기 시작했다. 두 가지 모습 다 가지고 있는 사람이 나였다.

내가 어떤 사람인지 잘 모르겠어서 기회가 있을 때마다 검사를 했다. 지문검사도 해보았고 E&P 검사도 해보았다. 두 검사의 결과모두 좌뇌형으로 나왔다. 좌뇌를 51%, 우뇌를 48% 쓰는 사람이라고 했다. 감성적, 직관적이고 표현 잘하는 우뇌형 인간이기를 지향했는데, 이성적, 논리적인 경향이 더 강하단다.

다른 대부분의 검사에서도 나는 이성적이고 논리 분석적 사고형이라는 결과로 나왔다. 이쯤 되니 인정해야 했다. 물론 사람을 딱 두 부류로 나누어 정해진 틀 안에 넣는다는 것에 반감을 가지는 이들이 많다. 하지만 이들 검사는 그러한 '경향'을 참고하라고 말한다. 나 또한 두 가지 모습을 다 가지고 있지만 좌뇌를 쓰는 경향이 약간 더 강하다는 해석으로 받아들이면 되었다.

결과들을 가만히 분석하고 나를 돌아보니 그동안 인정하기 싫었을 뿐 나는 좌뇌형에 가까운 사람이 맞았다. 나는 굉장히 현실적이다. 복잡한 일이 일어나면 가슴이 아픈 게 아니라 머리가 아프다. 뒷목이 뻐근해진다. 무엇보다 공감한 부분은 좌뇌형은 우선순위가 일-취미-친구-가족이라는 것이었다. 실제로 내게는 가족보다는 내가 하는 일이 우선이며, 나의 공간이 침해당하면 견디기 힘들기 때문이다. 혼자 있는 시간, 공간, 취미가 무엇보다 중요한 사람이 좌뇌형이라는데 정말 그렇다!

반대로 우뇌형은 감정에 충실하며 사랑과 관계를 중시한다고 한다. 우선순위가 가족-친구-취미-일이며 여럿이 어울리는 것을 즐긴다. 신체접촉을 좋아하며 함께 시간 보내는 것을 좋아한다고 한다.

남편이 우뇌형이라는 사실을 알게 되었다. 나와 왜 그렇게 충돌하는 부분이 많았는지 그제야 이해하게 되었다. 가족이 1순위인 남편이 내 일이 먼저인 나를 이해하기에는 선천적으로 역부족이었던 거다. 우뇌형에게는 관계가 매우 중요하므로 사랑한다는 표현과 확신을 주어야 한다는데 내가 그러질 못했으니 우리 부부 사이가 틀어질 수밖에 없었다.

주말이면 무엇이든지 나와 함께하려는 남편을 두고 내게 집착한다고 생각했다. 왜 저렇게 독립적이지 못한 사람일까 속으로 비난했다. 종종 비이성적인 판단을 하는 남편을 왜 저럴까 하며 무시했다.

95% 이상이 서로 반대성향의 배우자를 만난다고 한다. 선천적으로 대뇌타입이 상이하므로 부부가 서로를 이해하기가 힘든 것이 자연스러운 현상이다. 원래 다름을 인정하고 상대를 바라보면 많은 부분이 해소가 된다.

부부의 만남은 음양이 조화를 이루는 완벽한 지혜가 아닐 수 없다. 서로를 보완해주고 채워서 완전한 하나가 되기 위해 만난다는 위대한 진리를 만난다.

비단 부부관계뿐 아니라 다른 사람들에 대한 이해의 폭도 커졌다. 나의 지인들을 가만히 떠올려보니 의외로 우뇌형들이 많았다. 가슴이 따뜻한 이들에게 나는 위안을 느끼고 기대고 있었는지도 모른다. 나의 부족한 부분을 그들과 함께함으로써 채울 수 있었나 보다.

알고 보니 《그리스인 조르바》에서 '나'로 나오는 화자는 좌뇌형이고 조르바는 우뇌형 인간이었다. 책을 읽고 연구하며 진리를 탐구하는 화자를 두고 조르바는 '먹물 뒤집어쓴 인간'이라고 표현한다. 조르바가 화자에게 이렇게 말한다.

> 이제 체로 치는 행위는 더 이상 하지 않아. 사물을 체로 치는 행위는 이제 손 뗐소. 모든 일을 단순하게 생각하려 하오. 당신에게 이걸 어떻게 설명할 수 있을까? 난 지금 나 자신을 해방시키고, 한 인간으로 거듭 태어나는 중이오.
>
> – 니코스 카잔자키스, 《그리스인 조르바》, 김욱동 옮김, 민음사, 2018, 403쪽

조르바는 머리보다는 가슴으로 사는 인물이다. 직관적으로 삶을 대하는 그가 보기에 모든 것을 머리로 사고하는 것은 사물을 체로 치는 행위다.

작품 속의 화자가 나와 자연스럽게 동일시되었다. 인생을 글로 배우는 게 아닌가 싶은 생각을 많이 하는 요즘이다. 의식성장을 한답시고 책만 열심히 파고 있다. 삶 속에 자연스럽게 녹아들어 체화되고 있는지 눈에 보이지 않으니 안개 속에 있는 듯 뿌옇다.

많은 것들을 재고 앞뒤를 따지고 머리로 생각하며 살아왔다. 안 지 10년 되어가는 동네의 친한 언니는 그런 내게 많은 자극을 준다. 그 언니는 몸으로 느끼며 사는 사람이다. 몸 감각이 매우 발달해서 많은 변화를 몸으로 직접 느낀다. 성분이 좋지 않은 음식을 먹으면 몸에

서 바로 반응이 오고, 내장기관의 움직임 하나하나를 느낀다고 한다.

사람의 에너지를 느끼며 미세한 변화도 금방 알아챈다. 같은 음식을 먹고도 언니가 "이러이러한 느낌이 나지 않아?"라고 물으면 당황했다. 내겐 아무 느낌이 나지 않았으니까. 처음에는 그런 느낌을 '느껴야' 하는 줄 알았다. 엉겁결에 그런 것 같다고 대답했고, 스스로 그렇다고 믿기도 했다. 시간이 지나니 나는 그 언니와 다르게 몸보다는 머리로 먼저 이해하고 받아들이는 사람임을 깨닫게 되었다. 몸으로 못 느끼는 것이 잘못된 게 아니라는 사실도.

명상하고 의식성장을 위해 공부하다 보니 몸의 감각에 예민해지고 싶었다. 좌선하고 눈감고 앉아 있으면 에너지의 흐름이 느껴진다는 이들이 있는데 나는 도무지 느껴지지가 않는 거다. 조급증이 일었다.

매일 수련을 하는데 왜 이렇게 더딘 것인지 답답했다. 고차원의 인간이 되기 위한 몸부림이 또 다른 욕망임을 인지하면서도 내려놓기가 쉽지 않다. 노자의 《도덕경》을 매일 읽으면서 머리로만 공空과 무위無爲를 이해하고 있는 나를 발견한다.

지식만 축적하고 있을 뿐, 체화된 지혜로 실천하는 삶을 살고 있지 않은 것 같아 자책한다. 결국 나는 아직 뼛속까지 먹물 뒤집어쓴 인간임을 고백해야겠다.

이 모든 것이 성장해가는 과정임을 알고 있다. 알면서도 욕심내고 조급해하는 나를 내려놓지 못하고 있다. 세계적인 명상가 오쇼 라즈니쉬가 지식은 결론인 반면 앎은 과정이라고 말했듯이, 나를 알아가는 과정임을 알아차린다.

다중지능적성을 지문과 접목해서 분석한 결과, 나는 자기이해지능이 가장 높은 것으로 나왔다. 2위는 언어 구사력이 탁월하다는 언어지능, 3위가 대인관계지능으로 나타났다.

자기이해지능은 자신을 잘 알고 무엇을 하고 싶은지 스스로 알아서 목표를 세워 추진하는 능력이라고 한다. 결과지에 따르면, 대표적인 인물이 소크라테스, 칼 융, 이황 같은 인물이며, 정신수양, 반성적 사고력, 내면의 인지능력 등이 관련능력이라고 한다.

관련직업은 정신상담가, 철학자, 종교가, 소설가, 심리학자라고 한다. 이를 계발하기 위한 방법으로 명상, 기도나 일기나 생활일지 같이 메모하는 습관을 들었다. '나는 무엇을 하려고 하는가?', '나는 왜 태어났나?', '진리는 무엇인가?' 같은 질문을 스스로 하여 인생의 큰 목표를 세우고 작은 계획부터 집중하여 성취감을 느끼는 것이 중요하다고 했다. 근래에 내가 스스로에게 던지는 화두와 일치해서 결과지를 읽으며 전율했다.

이러한 유형검사의 결과들이 100퍼센트 일치하는 것은 아니지만 나를 이해하는 데에는 분명히 참고가 된다. 내가 규정하고, 되고 싶은 나와 실제의 나는 다를 수도 있다. 내가 생각하는 나와 남이 생각하는 나도 다를 수 있다. 중요한 건 나를 알아가고자 하는 노력과 그 과정이 아닐까.

사랑을 통해

어릴 땐 아무 생각 없이 남자들을 만났다. 나 좋다는 사람도 만났고, 내가 꽂힌 사람도 좋아해봤다. 남자의 조건을 따지며 만나기도 했다. 한사람을 만나면서도 내 운명의 짝은 혹시 다른 사람이 아닌가 하며 다른 사람에게 눈길을 주기도 했다. 바람기가 아닌가 싶을 정도로 마음이 오락가락했다.

얼마 전에 친정에 가서 오래된 책상을 뒤적이다가 열네 살에 방학 숙제로 낸 것 같은 개인 문집을 발견했다. 여러 꼭지 중에 하나가 귀여운 삽화와 함께 적은 '나의 이상형'이었다.

〈나의 이상형〉
첫째, 날 위기에서 구해줄 수 있는 남자
둘째, 날 포근하게 안아줄 수 있는 남자
셋째, 유머 감각이 풍부한 남자
넷째, 집안일을 절반으로 나누어 같이 하겠다는 남자
다섯째, 잘생기고 키가 큰 남자
여섯째, 착하고 부지런한 남자

일곱째, 책을 많이 읽는 등 지적인 남자

여덟째, 동물을 사랑하는 남자

아홉째, 낭만적인 남자

열 번째, 돈 많은 남자

열네 살에도 돈 많은 남자를 꼽은 사실이 신선했다. 이것을 같이 보고 있던 큰아들에게 아빠에 해당하는 항목을 물어보았다. "아빠는 키가 크고 돈이 많으니 엄마는 성공했네." 아들의 말에 한참을 웃었다. 일단 키 크고 나를 웃기는 나름의 유머 감각이 있어서 남편에게 끌린 건 맞다. 솔직히 말해 남편집이 잘 사는 줄 알았다. 사는 동네가 부자동네였을 뿐, 실상은 좀 달랐는데. 나는 지금도 남편에게 말한다. "오빠네 집이 부자인 줄 알고 결혼한 거야. 나는 속았어. 사기라고."

지적인 남자가 좋았다. 어릴 때부터 책 읽는 남자에게 끌렸나 보다. 대학생 때, 내가 지적 수준을 가늠할 수 있는 기준은 학교였다. 그래서 미팅, 소개팅도 좋은 대학의 남자가 아니면 하지 않았다.

어느 순간 소울메이트가 있다고 믿기 시작했다. 여러 남자를 만나며 이 사람이 내 소울메이트인가 하는 의심을 하며 헤어지기를 반복하고 지금의 남편을 만났다. 남편과 싸우고 사이가 틀어질 때마다 이 사람도 내 소울메이트가 아니구나 하며 좌절했다.

정신적인 교감이 통하는 사람은 현실적인 안정성에 취약했고, 현실적인 안락을 나눌 수 있는 사람은 정신적으로 통하지가 않았다. 도대체 나와 꼭 맞는, 나와 온전히 합일될 수 있는 운명의 짝은 어디 있는지 찾겠다고 방황을 한 지난날이었다.

꿈을 꾸었다. 꿈속에서 나는 두 번의 인생을 살았다.

하나의 인생에서 나는 독신이었다. 푸른 초원 위에 작은 집을 짓고 혼자 사는 여자였다. 과거에 살던 마을에서 쫓겨난 모양이었다. 고아로 혼자 살던 나는 마을의 여자들에게 삶의 조언을 해주던 카운슬러였다. 그러다 마을 남자들에게 미움을 사서 어느 날 밤 그들이 횃불을 들고 몰려왔다. 일명 마녀사냥 같은 것이었나보다. 목숨을 건 탈출에 성공해서 멀리 떨어진 곳, 아무도 나를 모르는 곳에서 아늑한 오두막집을 다시 짓고 그렇게 평화롭게 살았다.

알음알음 사람들이 다시 찾아오기 시작하고 그곳에서 다시 다른 이들의 이야기를 듣고 조언해주는 삶을 살았다. 예전 마을에 살 때 나를 사랑하던 남자가 있었다. 굉장히 지적이고 멋진 남자였다. 그 남자는 나에게 끊임없는 구애를 했지만 구속받는 삶이 싫어 끝까지 거부했다. 그 남자의 사랑도 의심을 했던 것 같다. 진정한 사랑이 아닐지도 모른다고. 그 남자는 결국 다른 여자와 결혼을 한 것 같다.

평생을 혼자 살던 그 삶의 마지막 순간에, 노인이 된 그 남자가 내 곁을 지켰다. 죽음을 앞둔 순간에서야 그 남자의 진심어린 사랑을 알고 서로 말없는 눈물을 흘렸다. 다음 생을 기약하자며.

또 하나의 인생이 있었다. 나는 멋지고 큰 성의 하녀였다. 길고 긴 복도 양쪽으로 초상화가 잔뜩 걸려 있었다. 천정이 높은 화려하고 압도적인 성이었다. 하녀의 신분이었지만 지적인 욕구가 강했던 나는 일이 끝나면 몰래 내 방에서 책을 읽었다. 성의 서재에도 들어가 청소하는 척하며 틈틈이 몰래 책을 꺼내 읽으며 지적인 세계에 탐닉했

사랑의 근원이 신이라면, 우리가 하는 사랑 역시 신의 사
랑의 단면이다. 다만, 여러 가지 형태와 다채로운 빛깔일
뿐. 다양한 사랑의 모습들을 인정하기 시작하면 그 자체로
완전해질 수 있다.

다. 그 성에 드나들던 높은 신분의 남자가 있었다. 그 남자와 정신적인 사랑을 했지만 신분의 벽을 넘을 수 없었고, 그는 더 이상 성에 오지 않았다. 너무나 가슴아파하며 살았는데 나를 좋아하던 남자 하인이 있었다.

그와 결혼을 해서 안정적으로 가정을 이루고 살수 있었지만 그 삶을 선택하지 않았다. 오해가 생겨 그 성에서 쫓겨났고 평생 이집 저집 드나들며 허드렛일을 하며 생계를 유지했다. 그 삶의 마지막 순간에는 우정을 나눴던 몇몇 여자들만이 내 곁을 지켰다.

개꿈이라 할 수도 있고, 소설적 상상력이 지어낸 스토리일 수도 있지만 그 인생들이 주는 교훈이 있었다. 두 번 다 삶의 주제는 진정한 사랑이 무엇인가에 대한 것이었다.

사랑의 종류를 아가페, 플라토닉, 에로스 이렇게 세 가지로 나누기도 한다. 사랑의 형태가 다를 뿐 모두 우열을 가릴 수 없는 사랑이다.

신의 사랑은 온전하다고들 한다. 인간은 신으로부터 왔다. 그렇다면 인간의 사랑도 거슬러 올라가면 결국은 온전한 신의 사랑과 만난다. 신으로부터, 근원으로부터 나온 사랑의 빛이 프리즘을 통과해서 다양한 빛의 색깔을 낸다.

다양한 빛의 단면이 우리가 하는 인간의 사랑이다. 이 사실을 간과하기에 우리는 스스로의 사랑을 믿지 못하거나 불완전하다고 치부하고 산다. 삶 속에서 체화된 각각의 사랑이 신으로부터 온 사랑이라는 사실을 깨닫는다면 더 이상 이상적인 사랑을 찾아 헤매지 않아도 되는 것을.

돌이켜보면 내가 반쪽짜리 사랑이라고 치부했던 그 사랑들을 온전한 사랑의 관점에서 보았다면 결과가 달라졌을 것이다. 파랑새를 찾아 나선 소녀처럼 보다 완전한 형태의 사랑을 찾으려고 애썼다. 결국 파랑새는 내게 있었는데.

옷깃이 천 번은 스쳐야 인연이 된다는 말이 있다. 얼마나 얽혔으면 부부의 연을 맺었을까. 만나는 모든 인연에는 이유가 있다.

남편도 내가 풀어야 할 숙제인 거다. 서로 안 맞는 두 부분이 만나 합일하려면 그만큼 이음새를 다듬는 고통이 따르는 법이다. 주변에 친한 언니나 동생들을 만나면 하나같이 듣는 말이 있다. 이 놈이나 저 놈이나 결국 다 똑같다고. 어느 놈을 만나도 다 똑같다고. 이 남자가 싫어 저 남자를 만나도 늘 문제는 발생하기 마련이란다. 그러니 지금 남편 잘 데리고 살라는 조언은 늘 똑같다. 완벽한 이상형을 만날 확률이 십만분의 일이라고 하니 현실적으로는 맞는 말이다.

소울메이트의 정의도 다시 숙고해볼 필요가 있다. 나에게 모든 면에서 꼭 맞는 파트너가 따로 존재할 거라고 믿는 이상, 내가 지금 하는 사랑은 불완전할 수밖에 없다. 사랑의 근원이 신이라면, 우리가 하는 사랑 역시 신의 사랑의 단면이다. 다만, 여러 가지 형태와 다채로운 빛깔일 뿐. 다양한 사랑의 모습들을 인정하기 시작하면 그 자체로 완전해질 수 있다.

소울메이트 역시 그렇다. 내가 꿈꿔왔던 이상적인 기준을 내려놓고, 사랑의 다양한 측면을 받아들이기 시작하면 지금의 파트너 역시 또 다른 형태의 소울메이트가 될 수 있다. 그렇다면 지금 옆에 있는

웬수덩어리 남편도 나의 소울메이트가 될 수 있다는 비이성적인(?) 결론에 도달한다. 괜찮다. 어차피 사랑은 이성적인 머리가 아닌 비이성적인 가슴으로 하는 거니까.

나는 누구인가 I

살면서 자기소개를 해야 할 때가 종종 있다. 얼마 전에 처음 참석한 수업에서 일어나 자기소개를 할 기회가 있었다. 이름, 나이, 사는 곳, 결혼유무, 아이가 몇 명, 하는 일 정도로 소개를 마쳤다. 나뿐만 아니라 모두가 그런 방식으로 본인을 소개했다.《상처받지 않는 영혼》이라는 책에서 저자 마이클 싱어는 '당신은 누구인가'라는 질문을 통해 간단한 생각실험을 한다. 그가 내게 물었다.

마이클 싱어: 당신은 누구입니까?

나: 저는 유미진입니다.

마이클 싱어:(종이에 내 이름을 적어 보여주며) 이 글자가 당신이란 말입니까?

나: 아, 죄송해요. 그 이름은 저를 부르는 꼬리표일 뿐이네요. 저는 두 아이의 엄마예요.

마이클 싱어: 그러면 그 아이들이 태어나기 전에는 당신은 존재하지 않았나요? 그 역시 또 다른 꼬리표로서 당신이 연루된 어떤 사건이나 상황의 소산일 뿐이죠. 그렇다면 당신은 누구인가요?

나: 이번엔 제대로 말해볼게요. 저는 1982년에 포항에서 태어났어요. 부모님과 함께 고등학교 시절까지 그곳에서 살았고 대학에 입학하면서 서울에서 살았어요. 공부를 잘해서 부모님의 기대를 많이 받으며 자랐어요. 중학교 3학년 때 전교 1등을 했을 때 부모님이 엄청 기뻐하셨죠. 대학 졸업하고 회사에 다니다가 그곳에서 남편을 만나 결혼했죠. 그게 지금의 저예요.

마이클싱어: 흠, 흥미로운 사연이긴 하지만 난 당신이 태어난 이후에 일어난 일들에 대해 물어본 게 아니예요. 당신은 이 모든 경험들을 묘사했지만 그것을 누가 경험했죠? 포항이 아닌 다른 곳에서 태어났거나 공부를 잘 못했거나 그 회사에서 일을 하지 않았더라도 당신은 자신의 존재를 의식하면서 거기에 있었을 텐데요.

나: 음, 좋아요. 저는 이 공간을 점유하고 있는 몸이예요. 키는 161센티미터이고 몸무게는 47킬로그램이예요. 이게 나지요.

마이클싱어: 당신은 중3때 전교1등을 했을 무렵 키가 150센티미터 정도였겠네요. 당신은 키가 150인 사람인가요 161인 사람인가요? 공부를 잘했던 학창시절을 보낸 당신과 내 질문에 답하려 애쓰는 지금의 당신은 같은 사람 아닌가요?

20년 전의 어린 나와 36살의 지금의 나는 같다. 겉모습이나 외부에서 나를 부르는 타이틀만 바뀌어 왔을 뿐 내 안의 나는 그대로다. 자면서 꿈을 꿀 때도 거울을 바라볼 때도 나는 나의 내부에서 밖을 바라보며 많은 경험을 하고 있다. 잠깐 동안에도 수많은 생각들이 나를 사로잡고 수많은 감정들이 나를 스쳐지나간다. 가장 착각하기 쉬운 것 중의 하나가 그러한 생각과 감정이 곧 나라고 동일시 여기는 것이다. 하늘에 구름은 있다가도 사라지며 다시 생기기도 한다. 구름의 유무에 상관없이 하늘은 그 자리에 늘 존재하고 있다. 순간 떠오르는 생각과 감정은 잠깐 지속되다가 사라진다. 그것들을 느끼는 변하지 않는 내가 존재할 뿐이다. 그러므로 생각과 감정은 내가 아니다. 나는 그것들을 알아차리고 지켜보는 자이다.

이제 당신은 누구인가라는 질문에 이렇게 답할 수 있다.

"나는 보는 자입니다. 나는 이 안의 어딘가에서, 내 앞을 지나가는 사건과 생각과 감정들을 내다보고 인식합니다."

– 마이클 싱어, 《상처받지 않은 영혼》, 이균형 옮김,
라이팅하우스, 2014, 57쪽

이제껏 살아오면서 수많은 사건들이 나의 외부에서 벌어져 왔고, 수많은 감정과 생각들이 변화하는 것을 지켜보는 내가 내 안의 깊숙한 곳에 있어왔다.

이 모든 것들의 배후에서 여전히 존재하고 지켜보는 이가 바로 '참나참자아'이다. 많은 종교에서 궁극적으로 추구하는 것이기도 하다. 부처님은 내 안의 불성을 깨닫는 것이 해탈이라고 했고, 예수님은 하나님이 우리 안에 있다고 했다.

내 안의 본질을 깨달으라는 비슷한 메시지라고 볼 수 있다. 어릴 때부터 심각하지 않게 사용해 왔던 '자아실현'이라는 말은 실은 매우

고차원적이고 힘든 생애의 목표쯤 되는 커다란 의미를 가진다는 것을 이제야 알게 되었다.

내가 예전보다 화가 많이 줄은 이유도 내 감정을 나와 동일시하지 않게 되면서부터이다. 일어나는 감정을 그저 바라보기 시작하니, 그 감정에 매몰되지 않을 수 있었다. 화가 끓어오르기 시작하면, '아, 화라는 감정이 일어나는구나.'라고 일부러 마음속으로 말하며 감정을 인식했다. '하지만 이 감정은 내가 아니야. 외부상황에 대한 작은 반응일 뿐이야.' 그러면 화가 가라앉기 시작하고 소리칠 일도 없다.

전에는 분노조절장애가 아닐까 하며 매번 화내는 내 자신에게 실망하고 자존감도 추락하곤 했는데 이 연습을 하면서 화를 덜 낼 수 있게 되었다. 화라는 감정은 인간인 이상 자연스러운 현상이다.

그래서 유학에서도 칠정七情이라고 해서 인간의 기본적인 감정을 희노애락애오욕喜怒哀樂愛惡欲의 일곱 가지로 나누어 두었다. 화가 나는 것 자체로 내가 덜 된 인간이라는 자괴감을 가질 필요가 없다.

감정이 곧 내가 아니기 때문이다. 다만 이것을 다루는 방법이 사람마다 차이가 있을 뿐이다. 일어나는 감정을 바라보고 인식하는 참나가 나의 깊숙한 곳에 있다는 의식을 가지면 외부세계에 덜 연연할 수 있다. 이를 위해 많은 이들이 심신수련을 하는 것이다.

이제 나는 내 감정의 굴곡에 대해 적어도 자괴감은 가지지 않는다. 감정을 인식하는 고양된 진짜 나는 따로 있음을 알기 때문이다.

지인에게 펜홀더를 선물받았다. 펜이나 연필 한 개가 들어가는 작은 기둥에 나무 그림자가 연결되어 있는 모양이다. 연필을 꽂으면 연필의 그림자가 나무 모양이 되는 식이다. 현재 겉보기에는 홀더에 꽂혀 있는 연필일 뿐이지만 나무그림자가 반영하듯이 연필의 본질은 나무라는 메시지를 준다. 단순한 아이디어 상품이라기에는 주는 의미가 참으로 깊다.

우리는 살면서 본질보다는 겉으로 드러나는 모습에 얼마나 많은 열과 성을 다해서 살아가는가. 내용보다는 형식에 많은 관심을 두고 산다. 외면보다 내면으로 시선을 돌리기가 녹록치 않은 세상에 살고 있다. 오히려 겉이 번지르하면 안의 품격 또한 절로 격상한다는 요상한 믿음체계 안에서 살고 있다.

오죽하면 외모와 인격은 비례한다 하고 외모패권주의라는 신조어가 생겨나겠는가. 이러한 거대한 요지경의 조류 속에서 세상의 진면목, 타인과 사물의 본질, 나의 본질을 꿰뚫어 보기란 분명 쉽지 않다.

석가모니가 '천상천하 유아독존天上天下唯我獨尊'이라고 했다. 요즘은 이기적인 사람을 가리키는 말로 쓰이기도 하지만 본래 뜻은 아니다. 여기서 '아我'를 어떻게 해석하느냐에 따라 너무나 다양한 의미를 가지고 있는 표현이지만 결국은 본질이라고 생각한다. 나를 둘러싼 삼라만상보다는 진짜 나의 모습이요 본질인 '아我'만이 존재하므로 이를 찾아야 한다는 뜻이 아닐까 싶다.

바다에는 파도가 인다. 바다의 물결이 일어나는 현상을 파도라고 이름 지어서 바다와 파도는 분리되어 있는 듯 보인다.

하지만 피도는 바다이고, 바다 역시 파도이다. 각얼음과 물의 관계 역시 마찬가지이다. 각얼음을 물 속에 집어넣으면 녹아 없어진다. 무엇이 얼음이고 무엇이 물인가? 형태만 달랐지 이 둘의 본질은 같다. 3차원 세상에서 언어가 얼마나 많은 것들을 분리시켜 놓았는지 알 수 있다.

오감 또한 본질을 파악하는데 어려움을 준다. 우리는 눈으로 보고 소리를 듣고 냄새 맡고 맛보고 피부로 느끼는 감각기관으로 세상을 파악하는 데에만 익숙하기 때문이다. 눈으로 보이지 않거나 과학적 변증법에 의해 증명되지 않은 것은 쉽사리 믿으려 하지 않는다. 하지만 변하지 않는 '진짜'는 눈에 보이지 않는 경우가 많다.

상대방과 말다툼을 하다 보면 싸움의 원인은 잊어버리고 상대방의 말 한마디에 빈정이 상해 말꼬리를 무는 경우가 많다. 저 사람이 왜 저런 반응을 하는가에 대한 본질을 파악하기 보다는 드러난 말 한마디에 마음이 상해 돌아서 버리기 쉽다 보니 같은 싸움이 다음번에 또 반복되고 만다. 왜 이런 현상이 나타나는지에 대해 자꾸 안으로 파고들어가는 질문을 던져볼 필요가 있다.

가령 남편이 술 먹고 늦게 들어온 이유로 부부싸움을 했다 치면, 표면상으로는 약속된 통금시간을 넘겼다는 단순한 이유가 싸움의 원인이다. 하지만 여기에는 보다 복합적인 심리적 요인이 내재하고 있다.

남편과 시간을 보내지 못한다는 불만, 술 먹고 길에서 무슨 일이라도 당하지 않을까 하는 아내의 염려가 진짜 원인일 수 있다. 시간이 늦었다는 사실은 촉매trigger, 트리거 역할을 했을 뿐이다. 그 현상 자체에만 매몰되어 진짜 원인은 묻힌 채 싸움만 커지기 십상이다.

내 마음에 왜 이런 파문이 일어나는지 계속해서 답을 찾다 보면 본질과 마주할 수 있다.

물론 쉽지는 않다. 때로는 인정하기 싫은 부분을 맞닥뜨려야 할 때도 있다. 하지만 안으로 들어가는 내면의 작업이 계속될 때 비로소 나의 내적 성장이 시작된다.

모임에 가면 나는 주로 상대방의 이야기를 듣는 편이다. 나의 생각을 표현하기 보다는 상대에게 공감해주고 고개를 끄덕이곤 한다. 그러다 보니 "왜 이렇게 말이 없냐?"는 말을 자주 듣는다. 그럴 때에는 차라리 "나 원래 말이 별로 없는 편이야"라고 얼버무리는 편이 편하다.

내가 원래 그렇게 말이 없는 편인지, 부드러운 대화 분위기를 위해 대외적으로 그런 이미지를 구축하는 것일 뿐인지 이제는 나 스스로도 헷갈린다. 예전에는 말 잘 한다는 이야기를 곧잘 들었는데 왜 서서히 입을 다물게 되었는지 생각해 볼 문제다.

공감이 가는 이야기는 얼마든지 들을 수 있지만 공감 가지 않는 이야기에 입을 다물고 있자면 목과 가슴이 답답해짐을 느낀다. 그럴 때는 모임에서 돌아와도 마음에 찝찝함이 남고 기분이 좋지 않다. 괜히 시간 낭비했다는 생각마저 든다. 밖으로 내뱉지 못한 내 마음속 이야기들이 찌꺼기처럼 마음속에 남아있는 것이다.

어느 날은 왜 이런 생각이 드는지 곰곰 생각을 해 보았더니 나는 인정욕구가 많은 사람이라는 결론을 내렸다. 나의 행보, 나의 생각이 인정받기를 원하는데 이게 결핍되다 보니 마음이 못내 괴로운 것이다.

타인의 시선에서 자유롭게 살려고 나름 노력한다고 생각했는데 아직 멀었나 보다. 철학자 강신주가 텔레비전에 나와서 진짜 어른이 되려면 인정욕구에서 벗어나야 한다고 했는데, 타인의 칭찬과 박수갈채에 목마른 나는 무늬만 어른인가 보다. 인정욕구 자체가 나쁘지는 않다. 다만 이를 성찰하고 바람직한 방향으로 발현되게 계속해서 모니터링하는 것이 인정욕구를 다루는 방법이라고 전문가들은 조언한다.

나의 그림자는 다양한 모습으로 땅에 드리워질 수 있으나 나의 본질은 하나다. 나의 본질은 무엇인가, 나는 누구인가에 대한 자문은 살면서 끊임없이 해야 한다. 당장 답을 구할 수는 없더라도 계속해서 파고들다 보면 어느 순간 마주할 수 있지 않을까.

지구의 구조로 보면 비록 지금 지표면 근처에, 지각에 머물고 있더라도 계속해서 나는 지구 중심부로 향하고 있다. 언젠가는 도달할 수 있으리라는 희망으로.

나는 누구인가 Ⅱ

"너 자신을 알라."

너무나 유명한 소크라테스의 명제이자, '나는 누구인가'에 대한 인간의 가장 근원적인 질문.

내가 누구인가에 대해 생각해본 적이 있는가. 학창시절, 야밤에 혼자 공부하다 보면 문득문득 찾아왔던 외로운 느낌, 고독감. 수능시험 말고는 내가 왜 공부를 해야 하는지에 대한 답을 찾을 수 없었던 답답함. 내가 어떤 사람이고 무얼 좋아하는지 생각해 보았어야 할 그 시절엔 그저 시키는 대로 공부만 했다.

사춘기 시절부터 '자아성찰'이 시작되었어야 했지만 진지하게 고민해 볼 여유가 없었다. 성적을 올려 좀 더 좋은 대학에 가야 했으니까. 성적에 맞춰 대학을 갔고, 과에 맞춰 진로를 정해야 했으니까. 사회의 정해진 '틀'에 따라 졸업 후 취업을 했고, 결혼을 했고, 아이를 낳았다. 그래야 되는 줄 알았다. 아무 생각 없이 그저 남들 하는 대로 살아왔다. 세상의 기준이 곧 나의 기준이고 내 삶의 방향인 줄 알았다.

서른 후반의 지금에 와서야 비로소 나는 누구인가에 대해 고찰하기 시작했다. 지금이라도 이 고민을 하게 된 것에 감사하다. 생각보다 많은 어른들이 자신이 어떤 사람인지 잘 모르고 산다.

안타깝게도 그럴 여유 없이 살아가고 있다. 내면 성찰은 되려 시간이나 돈의 여유가 있는 배부른 자들이나 하는 신선놀음 정도로 여겨지기도 한다.

내가 누구이며 왜 이 세상에 왔으며 어디로 가는지에 대해 진지하게 생각해 보아야 한다. 그것이 우리의 '생의 목적'이다. 목적이나 목표 없이 살아지는 대로 사는 것은 망망대해의 목적 없이 표류하는 배나 다름이 없다.

종교에서는 인간을 신의 아들이라고 한다. 당신의 형상을 따서 우리를 만들었다고 한다. 그리하여 우리는 지상으로 보내졌다.

성경에 "As above, so below. 하늘에서 이룬 것 같이 땅에서도 이루어지이다"라는 구절이 있듯이, 하늘의 뜻을 땅에서 이루라고 한다. 그러한 신성 혹은 진리가 우리 자신을 통해 땅에서 구체화되는 것이다.

하늘의 '뜻'은 각자 인생의 목적으로 풀이될 수 있다. 종교를 떠나 누구나 그러한 삶의 길 혹은 목적을 가지고 있다. 단지 생각하지 않고 살아갈 뿐이다. 인생의 크고 작은 경험을 통해 성장하여 그 목적이 실현되는 장場이 우리의 삶인 셈이다.

오르단 파묵의 《하얀성》에는 '왜 나는 나인가.'라는 질문에 대한 고찰이 이어진다. 호자와 '나'가 거울을 들여다보며 대화를 나눈다.

나라는 사람의 정체성에 대한 고민은 누가 대신해줄 수가 없다. 스스로가 끊임없이 질문하고 자신의 내면을 집요하게 들여다보아야 할 일이다.

거울을 들여다보면 그곳에 또 다른 내가 있다. 나라고 믿는 그 이미지가 그곳에 있다. 내 눈을 통해 내다보는 외부세계는 나의 내면이 투영되고 반사된 거울이다.

결국은 보이는 세계 전체가 나의 거울인 셈이다. 앞서《거울의 법칙》을 언급했듯이, 현실에서 일어나는 일은 어떤 '결과'이며, 결과에는 반드시 상응하는 '원인'이 있는데 그 원인이 내 마음의 반영이라는 거다. 내가 겪는 현실과 경험이 나를 비추는 것이라면 그것을 통해 결국 내가 누구인지, 어떤 사람인지 가늠할 수 있다. 좁게는 내가 만나고 이야기 나누는 상대방을 통해서도 나를 만날 수 있다.

얼마 전에 세간에 히트쳤던 영화 〈보헤미안 랩소디〉의 주인공 프레디는 평생 고독을 겪는다. 영화는 그가 이를 어떻게 극복하고 성장해 가는지를 잘 묘사하고 있다. 프레디가 관계 맺고 싶어 했던 짐이 말했다. "네가 스스로를 사랑하게 되면 그때 날 다시 찾아와."라고.

프레디는 진정한 사랑이 무엇인지를 다른 데서만 찾아 헤맸던 같다. 자신을 몰랐고 자신의 성정체성sexuality 역시 확실히 알지 못하고 방황했던 게 아닌가 한다.

결국엔 마지막에 메리에 대한 자신의 사랑이 어떤 것이었는지를 깨닫게 된다. 그렇기에 아름다운 마무리를 하고 새로운 사랑을 시작할 수가 있었다. 사랑이 한층 성숙해졌을 것이다. 영화 후반부에는 결국 자신이 누군지를 찾아 가게 된다. 프레디가 겪어야 했던 인간적인 고독은 스스로가 누군지 모르는 데서 오는 외로움이다. 내게 가장 다가왔던 그의 대사 한마디. "내가 누군지는 내가 결정해." 표면적으로는 자신의 성정체성도 결정한 듯하다.

그는 태어난 대로 살아갈 거라는 말을 한다. 인생을 통틀어 격한 성장통을 겪고 난 후 마침내 자신이 누구인지를 알기 시작한 거다.

내가 누군지 알아가는 과정 자체가 삶이다. 영화는 퀸이라는 밴드의 음악성과 그들의 우정, 사랑을 다뤘지만, 결국 프레디 머큐리가 자신이 누구인지를 찾아가는 성장드라마였다.

플라톤은 현상세계와 분리된 본질로서의 이데아를 추구한 반면, 아리스토텔레스는 그 둘이 분리될 수 없고, 본질이라는 것은 사물이나 질료, 형상을 통해 실현되는 것으로 보았다.

라파엘로의 유명한 그림 〈아테네학당〉에서 플라톤의 손가락은 위로 향하고 있고, 아리스토텔레스의 손바닥은 아래로 향하고 있다. 인상 깊은 그 장면이 모든 걸 말해준다. 나는 그들 철학이 크게 다른 것 같지는 않다. '천지인'으로 해석하고 싶다. 진리는 하늘이고 현상세계는 땅이다. 그 중간을 이어주는 것이 사람이다. "뜻이 하늘에서 이룬 것 같이 땅에서도 이루어지이다As above, so below."라는 성경구절이 의미하는 바와 같이 신의 뜻, 신성 혹은 진리가 인간을 통해 땅에서 구체화된다. 내가 누구인지는 이걸로 모두 설명가능하다.

기독교의 삼위일체도, 영혼과 육체가 별개가 아니라는 아리스토텔레스의 주장도, 이데아는 하늘에 따로 존재한다는 플라톤의 주장도 결국 다 맞는 말이다. 《하얀성》 뒤표지에는 '나는 왜 나인가'라는 인간의 가장 근원적인 질문에 대한 집요한 탐구'라고 쓰여 있다.

동서고금을 떠나 인간이라면 누구나 내가 누구인가에 대한 탐구를 계속해 나가야 함은 자명하다.

내가 누구인지에 대한 고민이 뿌리를 아는 것이라면, 내가 어떤 캐릭터인지를 구체적으로 아는 것은 그 나무에 피어난 꽃이나 이파리들에 대해 고찰하는 것이라고 할 수 있다.

강연장에서 만난 엄마들 대부분의 고민이 자신이 무얼 잘하는지 모르겠다는 것이었다. 그래서 가장 쉬운 방법으로 자신이 좋아하는 것이나 버킷리스트 같은 목록을 만들어보라고 권유했다. 주욱 적어 내려가다 보면 '아, 내가 이런 것을 좋아하는 사람이었구나.' 하는 지점이 생기기도 한다. 적어도 내가 좋아하는 분야는 어렴풋하게나마 찾을 수 있다. 그렇게 끝에서부터 하나하나 나에 대해 거슬러 올라가다 보면, 나의 존재에 대한 고찰로 이어질 수 있다.

당신은 누구인가? 당신은 왜 당신이어야 하는가? 지금 당신이 인생의 어느 지점에 있든지 간에 고민하고 또 고민해 보아야 할 너무나 중요한 질문이다. '나'를 향해 한 걸음 한 걸음 내딛는 당신이기를 소망한다.

생의 목적

어린 시절 〈생일 축하합니다〉 노래를 '왜 태어났니'로 바꿔 불렀던 경험이 있을 것이다. 짓궂은 이 가사에는 심오한 의미가 담겨 있다. 우리가 이 세상에 왜 왔는지 그 목적을 묻고 있다.

결론부터 말하자면 우리는 부모님에 의해 그냥 태어난 것이 아니다. 우리가 2000년대에 하필 이 지구별에 태어난 것은 우연이 아니며 우주의 큰 뜻이 내포되어 있다.

세상의 기준에 따라 공부하고, 대학 가고, 취직하고, 결혼했고, 아이를 낳아 키우면서 30년을 넘게 살았다. 아침에 일어나 가족들 식사 준비를 하고, 어린이집에 등원시키고 낮에는 장보거나 쇼핑을 했다. 아니면 지인들을 만나 커피를 마시며 수다를 떨었다. 아이들 하원시간이 되어 어린이집에 데리러 가고 집에 돌아와 저녁준비를 하고, 아이들 저녁을 먹인다. 남편이 퇴근하면 다시 저녁을 차리고, 아이들을 재우고 난 후에는 핸드폰을 들여다보며 시간을 보낸다. 그러다 졸리면 아이들 옆에서 잠이 들었다.

매일 반복되는 기계적인 삶에 의문을 갖기 시작했다. 생각대로 살지 않으면 사는 대로 생각하게 된다고 했다. 나는 아무 생각 없이 살아지는 대로 살고 있었다. 이렇게 똑같은 삶을 언제까지 지속해야 할까. 내 삶의 이유가 무엇일까. 나는 무엇 때문에 살고 있나. 내가 삶의 목적을 잃고 헤매고 있다는 생각이 들었다.

어른이 된 요즘도 반복해서 꾸는 꿈이 있다. 대학생인 내가 수강신청을 제대로 못해서 발을 동동거리거나 수강신청을 해놓고 수업을 놓치는 꿈이다. 며칠 전에는 수강신청을 해 놓고 첫 수업이 15분 남았는데 강의실을 도무지 찾지 못하는 꿈을 꾸었다. 다음날, 같이 공부하는 선생님에게 꿈에 대해 물어보았더니 이렇게 답이 왔다.

> 강박관념이지요. 삶을 drive했던 가장 큰 숙제이자 강력한 원동력일 거예요.
> 추측건대, 중산층 모범생 출신이라면 시험, 대학입시가 성장기를 지배했을 것이고, 그 다음의 단계는 누구도 가이드 해주지 않았겠지요. 정작 그 단계에 가서 무엇을 어떻게 어디로 나아가야 하는 것인지.
> ㄱ 과정에 관계된 감정들을 세세히 들여다보고 위로하고 치유해 주세요.

실로 그랬다. 대학입시의 관문을 지나 다음단계에 오니 길을 잃고 방황했다. 그 낭시의 위로받고 싶은 감정들이 올라오는 건지도 모르겠다. 삶의 방향성에 대한 고민을 담은 꿈이라고 해석하고 있다.

어느 날 아침, 시어머니에게서 지금 텔레비전을 보라는 메시지가 왔다. 주부들을 대상으로 한 아침 방송이었는데 미래사회에 대비한 자녀교육에 대한 내용이었다. 바뀌는 교육제도에 대한 이야기도 했지만, 패널로 참여한 교수들은 나에 대한 탐구를 하라고 강조했다.

내가 집중하고 몰입할 수 있는 것이 무엇인지, 내가 관심 있는 분야가 무엇인지 아는 것이 중요하다고 입을 모았다. 구체적인 방안으로 매일 일기를 쓰며 나 자신에게 집중할 수 있는 시간을 가지라고 했다. 매일 있었던 일을 정리하며 어떤 때 내가 몰입했으며 어떤 때 불편함을 느꼈는지 알 수 있는 자기탐색의 기회가 될 수 있다고 했다. 4차 산업혁명이든 14차 산업혁명이든 나를 아는 것이 기본이고, 그것이 삶의 목적의 초석이 된다.

삶의 방식을 바꾸어야겠다고 어느 날 갑자기 결심했다. 새벽 네 시에 일어나 명상을 하고 책을 읽고 글을 쓴 지 2년이 지났다. 그 이후로 많은 것들이 변화했다. 첫 책을 출간하고 작가가 되었고, 요가 지도자 과정을 이수하고 요가 강사가 되었다. 육아를 주제로 문화센터 강연도 했다. 지금은 생각하는 대로 살고 있지만 삶의 목적에 대한 답을 아직 명쾌히 찾은 것 같지는 않다. 여러 개의 명함이 있지만 이것들이 나의 최종 목적이라는 확신은 아직 없기 때문이다.

눈이 소복이 쌓인 길을 걷다가 문득 뒤를 돌아보았다. 삐뚤빼뚤하지만 나의 발자국은 어느 한 방향을 향해 걸어가고 있었다. 삐뚤빼뚤하긴 해도 한 곳을 향하는 발자국처럼, 나는 지금 여러 개의 점을 찍고 있다. 이 점을 연결하면 어느 곳을 향하는 선이 될 터이다. 지

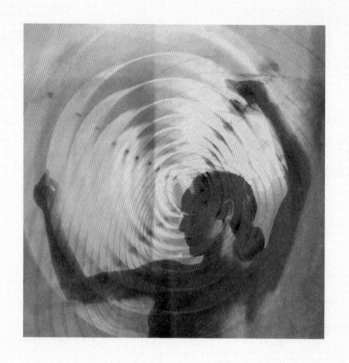

삶의 목적을 찾으려고, 혹은 목적을 향해 나아가는 한걸음을 내딛는
동사로 살아야 한다. 그리하여 내 생의 마지막 순간에는 내가 도달
할 수 있는 최고의 버전으로 마감하면 좋겠다. 지금 이 순간 역시 성
장을 위한 동사로서 최선을 다 할 수 있기를!

금 찍는 점의 의미를 당장은 모를 수 있지만 언젠가 선으로 연결되리라고 믿는다.

《연금술사》는 양치기 산티아고가 늘 똑같은 패턴으로 사는 양들과의 생활로부터 벗어나 '자아의 신화'를 찾아 떠나는 여정을 담았다.

자아의 신화를 찾아 떠나는 이들에게는 신으로부터의 메시지인 'sign표지'가 나타난다. 선택의 기로에 있을 때, 혹은 내가 가고 있는 여정이 맞는지에 대해 하늘은 우리에게 여러 가지 사인sign으로 우리를 돕는다.

누구나 삶의 연금술사다. 철학자의 돌을 찾아 멀리 헤매지 않아도 나만의 보물을 찾아 더 나은 나만의 인생을 살면 된다.

릭 워렌 목사가 쓴 《목적이 이끄는 삶》이라는 책을 오래전에 읽은 적이 있다. 그 책에 의하면 삶의 목적을 알아야 하는 이유에 대해 다음과 같이 정리하고 있다. 목적이 삶에 의미를 부여하며 목적을 앎으로써 우리의 삶이 단순해진다고 한다.

인생의 수없이 많은 선택의 기로에서 무엇을 하고 무엇을 하지 말아야 할지가 분명해진다는 거다. 또한 초점 맞춘 삶을 살 수 있다. 선택과 집중으로 에너지를 효율적으로 쓸 수 있기 때문이다. 또한 삶의 동기가 유발된다. 목적이 뚜렷하면 열정이 자연스레 따라오게 되어있다. 아침 8시에도 겨우 일어나던 내가 입술이 부르트면서도 새벽 네 시에 꼬박꼬박 일어날 수 있었던 것은 내 앞의 목표를 위한 열정이었다.

왜 우리가 이 세상에 왔는지에 대해 생각해 보자. 아인슈타인이 하나님은 주사위놀이를 하지 않는다고 말했다. 모든 탄생에 우연이 없다는 말이다. 하나님, 부처님 혹은 알라신이든 신이 우리를 세상에 보낸 이유가 있다. 생을 성장의 기회로 삼고 매 순간을 경험하여 각자의 소명을 이루라는 큰 뜻이 있음이다. 삶을 통해 시간, 에너지, 지적 능력, 관계, 기회 따위를 이용하여 많은 것을 배울 기회가 주어진 것이다. 쉽게 말해 지구는 배움의 장이다. 삶의 모든 순간이 레슨이 될 수 있다. 심지어는 고통도 삶의 강력한 교훈이며, 그가 감당할 수 있을 만큼만 주어진다고 한다.

그렇다면 삶의 목적은 어떻게 찾아야 하는가. 많은 이들이 삶의 목적을 주로 두 가지 방법으로 찾는다.

첫 번째는 세상이 멋지다고 하는 일을 찾아 그중 괜찮다 싶은 것을 골라 열심히 일한다. 이 경우에는 스스로 매력을 느껴 시작한 일이 아니므로 방황을 할 수 있다.

두 번째 방법은 자신이 잘하는 일을 찾아서 하는 것이다. 많은 이들이 잘하는 일을 직업으로 삼아야 성공한다고 한다고 조언한다. 그러나 잘하는 일과 좋아하는 일이 꼭 일치하라는 법은 없다. 그런 경우 열정이 오래가지는 않는다.

누구나 삶의 청사진은 이미 가지고 있다고 한다. 즉 목적은 외부에서 획득하는 것이 아니라 내 안에 있다는 말이다. 가슴이 끌리는 대로, 느낌이 가리키는 방향을 따라가야 한다. 홀린 듯이 피리 부는 아저씨를 떼 지어 따라가는 아이들처럼, '세상이' 좋다고 하는 그림만을 좇아가고 있지는 않나 돌아볼 일이다.

생의 큰 그림을 갖고 태어났다 하더라도 우리는 매 순간 선택을 경험한다. 선택을 통해 창조와 혁신을 경험할 수 있다. 여기에 바로 삶의 미학이 있다. 순간순간의 선택에 의해 다양하고 창의적인 가능성을 만들어가는 아름다움의 연속이 삶이다. 다만 그 방향성만 잃지 않으면 된다. 빙 돌아가더라도, 길을 잘못 들었더라도 다시 돌아올 길이 있으면 괜찮지 않을까.

중요한 것은 우리가 멈추지 않고 목적지를 향해 가고 있다는 사실이다. 당장 목적지가 눈에 보이지 않더라도 한 발자국을 떼어야 나아갈 수 있다. 등산을 할 때 산꼭대기가 눈앞에 보이지 않는다고 멈추면 정상에 이를 수가 없다. 정상에 이르는 길도 한 개만 있는 것도 아니다. 갈림길을 만나면 선택해야 하는 순간이 오고, 숨이 차올라 포기하고 싶을 때도 있다.

이 길이 맞는지 장담은 못하더라도 오르막길이면 언젠가는 닿을 수 있다는 희망으로 한 걸음 움직이는 것이 지금 우리가 할 일이다. 내가 지금 찍고 있는 점들이 어떤 무늬의 선으로 이어질지는 나도 아직 잘 모르겠다. 다만 언젠가 선으로 이어지리라는 확신만은 가지고 있기 때문에 일단 그냥 하고 있다. 릭 워렌 목사가 말했듯이 삶이 훨씬 단순해졌다고나 할까. 그저 하고 싶은 일을 하고 있다.

남들이 보기에 이것저것 성과 없이 건드리기만 한다고 할 수도 있지만 신경 쓰지 않기로 했다. 어차피 내가 그려야 할 내 도화지니까. 삶이란 '살아간다'라는 동사의 명사형이다. 우리 삶은 산다는 행위로 이루어져 있으므로, 삶의 순간은 현재진행형 동사라고 할 수 있다.

삶의 목적을 찾으려고, 혹은 목적을 향해 나아가는 한걸음을 내딛는 동사로 살아야 한다. 그리하여 내 생의 마지막 순간에는 내가 도달할 수 있는 최고의 버전으로 마감하면 좋겠다. 지금 이 순간 역시 성장을 위한 동사로써 최선을 다할 수 있기를!

마치는 글

남편의 메신저 프로필에는 이렇게 적혀있다. '삶은 계란이다.' 재미난 말장난이지만 삶은 정말 계란 같은 다양한 면을 가지고 있다. 아침에 밥을 부담스러워하는 가족들에게 계란 프라이 혹은 삶은 계란을 줄 때가 많다. 저마다 계란의 익힘 정도에 대한 취향이 다 달라서 삶는 시간에 신경을 써야 한다. 노른자가 덜 익은 계란을 두고 아이들은 '물계란'이라고 표현을 하는데 큰아이는 물계란이라면 질색팔색이다. 작은아이는 약간 덜 익은 계란을 선호한다. 그래서 작은아이의 계란은 물이 끓고 8분정도 지나고 건져내고 큰아이의 계란은 12분 정도 지나 완전히 익을 때까지 기다린다. 남편은 아무거나 잘 먹기 때문에 딱히 신경쓰지 않아도 되어서 좋다.

익힘의 정도, 요리 방법에 따라 달라지는 계란처럼, 삶도 그렇다. 익히고 해석하는 삶의 방식은 각자 다르게 마련이다.

예전에 독서모임에서 산티아고 순례길에 대한 책을 읽었다. 우리가 읽은 책은 김희경의 《나의 산티아고, 혼자이면서 함께 걷는 길》이었다. 산티아고 순례길은 예수의 열두 제자 중 한명이 야곱의 무덤이 있는 스페인도시 산티아고에 이르는 800km에 달하는 기독교 순례길이다. 대개 프랑스 국경으로부터 걷기 시작하는데 보통 40일 정도 소요된다고 한다. 저자가 순례길에서 만난 애런은 순례길의 경험을 '자기의 확장'이라고 표현한다. 800km를 걷는 길은 인생의 축소판으로 볼 수 있다.

축소된 인생경험을 통해 자기가 누구인지 알게 되고 성장하며 자기가 확장된다. 더불어 그곳에서 만나는 사람들을 통해 관계가 확장된다. 삶의 진정한 의미는 어쩌면 자기확장에 있다고 보아도 과언이 아니다. 그러한 자기확장의 과정에서 타인과 관계를 맺고 함께 성장해 나간다. 저자가 만난 무신론자 마틴은 신이 존재한다면 신은 이렇게 생명을 가진 존재들의 '관계' 속에 있을 거라고 말한다.

사람은 관계로부터 상처를 받을 수 있지만 관계로부터 치유를 받는다. 관계를 통해 성장하기도 하는 것이다. 그래서 인생 역시 혼자이면서 함께 걷는 길이다. 성지를 목표로 완주하지만 그곳에 도착한다고 해도 끝이 아니다. 또 다른 새로운 길로 이어지게 마련이며 삶은 늘 현재 진행형이다.

　오직 목적지로만 도달하려는 욕망은 가는 길을 어둡게 한다. 여정을 밝혀주는 것은 지금의 과정에 집중하는 힘이다. 파울로 코엘료의 《순례자》에서 페트루스는 다음과 같이 말한다.

> 어떤 목표를 향해 움직일 때, 길에 집중하는 것은 매우 중요합니다. 목표에 도달하는 최선의 방법을 가르쳐주는 건 언제나 길이기 때문이죠. 길은 언제나 우리가 걸은 만큼 우리를 풍성하게 해줍니다.
> ― 파울로 코엘료, 《순례자》, 박명숙 옮김, 문학동네, 2011, 57쪽

　길은 정직하다. 목표지점에 이르기 위해서는 어쨌거나 길 위에 있으면 된다. 삶의 길이 내가 갈 길을 인도하고 있음을 알아차리면 된다. 우리는 길 위에서 넘어지고 다시 일어서는 모든 경험을 통해 배우는 것이다.

　모두가 하나의 길을 걷지만, 산티아고로 향하는 단 하나의 길만 존재하는 것은 아니다. 모두가 자신만의 길을 걷고 있다. 누구의 길이

최선이라고 어느 누가 말할 수 있겠는가.

　류시화의 《새는 날아가면서 뒤돌아보지 않는다》에서 '오디세이아'
의 이타카에 대한 이야기가 나온다. '오디세이아'는 오디세우스가 이
타카로 향하는 과정을 그린 서사시다.

> 설령 이타카가 보잘 것 없는 곳일지라도
> 이타카는 너를 속인 적이 없다.
> 너는 길 위에서 경험으로 가득한 현자가 되었으니
> 이타카가 무엇을 의미하는지
> 이미 이해했으리라.
> 〈이타카〉 콘스탄틴 카바피

　내 삶의 목적 혹은 이유를 남으로부터 찾을 수는 없다. 내가 존재
하는 이 순간이 내가 살아가야 할 이유와 목적이 되기도 한다. 정답
은 결국 당신에게 있다. 당신이 답이다.

인생은 자기성찰을 해나가는 여정이다. 그 과정이 주는 쓰거나 달콤한 선물을 음미하며 경험할 권리가 우리에게 있다. 과정 자체를 즐기고 배우라는 진실된 의도를 깨달을 수 있다면 삶이 얼마나 가슴 뛰는 경험이 될 것인가.

부디 당신이 당신만의 인생을 미칠 듯이 사랑하고 즐겼으면 좋겠다. 매일같이 습관적으로 바라보는 일상 속에서 신비를 발견하는 훈련, 지금을 살아가는 힘이 우리를 한 걸음 진보하게 할 것이다. 지금 이 순간이 아니면 할 수 없는 것들로 당신의 하루가 채워졌으면 한다. 당신 안에 스스로에 대한 사랑이 넘쳐나기를 진심을 다해 기원한다.

멈추다, 바라보다

초판 1쇄 인쇄 _ 2019년 10월 15일
초판 1쇄 발행 _ 2019년 10월 25일

지은이 _ 유미진

펴낸곳 _ 바이북스
펴낸이 _ 윤옥초
책임 편집 _ 김태윤
책임 디자인 _ 이민영

ISBN _ 979-11-5877-130-0 03810

등록 _ 2005. 7. 12 | 제 313-2005-000148호

서울시 영등포구 선유로49길 23 아이에스비즈타워2차 1005호
편집 02)333-0812 | 마케팅 02)333-9918 | 팩스 02)333-9960
이메일 postmaster@bybooks.co.kr
홈페이지 www.bybooks.co.kr

책으로 아름다운 세상을 만듭니다. — 바이북스